爱是与水和星同行的旅程

纳兰妙殊 著

献给 薛

当我第一眼看到他时，觉得他是青绿色的。

良辰美景，花前月下，独享是很难过的，如已有一人在身边，令不至孤零伤怀，那真要好好道一声：谢啦！

所以，《星空》的真相其实是：凡·高半夜饿了，起床给自己做夜宵，下了一碗蓝莓鱼板面，放了紫菜，然后铺了一只煎蛋在上面……

皱褶细碎的布面，像一塘行过风的春水。操纵熨斗，晶亮的铁尖角劈波破浪，很快就夜阑风静縠纹平。大有刈去杂草的畅快。

我感到宇宙正在流动/在你的眼睛和我之间

目录

第一章　如羚羊或小鹿在香草山上

男主角 / 3

创世记 / 14

第二章　在石榴和琴弦的园子里

笨问题 / 23

花前月下 / 27

雨 / 30

床的大陆 / 34

失眠 / 39

灵犀 / 43

洗澡 / 47

争执与分歧 / 57

爱的数学 / 66

咫尺天涯调 / 69

成婚记 / 73

惊魂记 / 92

《星空》与蓝莓鱼板面 / 98

夜话 / 101

纪念物 / 108

厨房里的西西弗斯 / 114

浪漫杀死电熨斗 / 126

求医 / 130

嘘 / 147

改歌词 / 148

忽醒 / 150

第三章　耳朵之末，嘴唇之初

在你的耳与我的唇之间 / 155

第四章　枕边故事

鲸之爱 / 197

MVC：最有价值卡片 / 202

红唇膏与一百个吻 / 209

第一章

如羚羊或小鹿在香草山上

神说,要有光

男主角

1

他是青绿色的,当我第一眼看到他时,就这么感觉。

像一面安静的峭壁,棱角分明地立着。一动不动等浪头过来。

男主角出场的时候,观众都会知道。然而第一次见到他时,我对未来的命运全然不觉,冒冒失失地问:你有多高?

话一出口就觉得蠢,猎奇的口吻是不礼貌的,而且肯定有很多人问过这个了。

他果然以被问惯了的宽容口气说,193cm。

(我跟他在一起之后,才知道他被问这个问题的频率有多高。在超市,在公交车站,在餐馆,总有陌生的人探头过来,出其不意地问,小伙子,你有多高?好像高个子无须羞涩而且对社会有种解说自己的义务。因为这个,他坚决不愿定居南方。果然,这种情况在回到北方城市之后就好转了。)

又问,你有多重?

这个问题大概不经常被问到了。他思索一下说,大概70千克。

还有第三个问题,我想问,又没好意思问出口,于是一直到今天也没问——你每分钟能说几个字?

他说话速度比一般人慢。像是特意借此把语言本身具备的最后一点攻击力也消除掉。因此与他谈话,就像一口一口不停地吃棉花糖。

当时,我跟他入住同一个单元,甚至跟同屋的女伴一起学他那种慢吞吞的说话方式。又跟他打赌,如果他能跟着我们念出绕口令,就请他吃水果。结果他像录音机按了慢放键一样,把绕口令念了出来。

(男人和男人,看起来相似,其实他们彼此是那么不一样。)

他瘦得惊人,但其实他吃得不少。他好像永远无法胖起来,树干一样的大腿,藤蔓一样细长的手臂。他体内似乎有一座没有波浪的海,把一切无声吞没了。

他最大的爱好不是读书,是打篮球。他具有那种看一眼就知道一定球技了得的身材。我曾装作路过操场,看他打球,他在人丛中轻盈地转身，后仰跳投，灌篮，从容得就像在路边的灌木上摘一朵花。

他有一对随时准备温和微笑的眼睛。

——在我看来，这些实在是很美的。

更重要的、让人印象深刻是他的态度。他拥有一种与生俱来的平静、快活的心境，就像真正有信仰的人一样。那简直是一种魔力，像是参孙的天赋神力青草一样活泼泼地生长在溪头，没有什么能使之枯竭。他从不愤怒，从不咬牙切齿，不焦虑，不轻蔑，事情发生了，就平静地承受或解决，是好的，就高兴，是坏的，也坦然。他不嫉妒，不妄语，不矫饰，从不想想是否要刻意表演出某种样子：有学问，有城府，有品位，有雅趣……

有人冒犯他，跟他争吵，谩骂，他就安静地等待那个人说完，一句句用平常的语气回答，好像争吵这事根本没发生。对他来说，心情最糟糕的表现就是缄默下来，不再开口了（这一点，在日后与他发生争执时，我不止一次地亲身体验，并不得不接受它的好处与坏处）。

他的晏然自若，与万物无关，甚至与我无关。

（……到后来，他开始变化了一点，我发现我是唯一能打破他的宁静的人。大利拉剪除参孙的头发，他周身不再流动汩汩不绝的力量，女人打破平衡，让他失去了神奇。像天外飞来的彗星，燃烧着闯进一成不变、自顾自运转的星系。）

而在被装进琥珀的纯真里，他还有一种丰富和神秘，好像沿着山涧走下去，能走进繁花盛开的幽谷。

——你使我心里喜乐，胜过人在丰收五谷新酒时的喜乐。（《圣经·诗篇》）

但老实说，他的缺陷（对我来说）还是很明显的……

他的表情，一些小动作，笑的时候发出的声音，以及给母亲打电话汇报午饭晚饭都吃了什么的时候不自觉的撒娇，这都让我意识到，男孩的特性——包括好的和坏的——将会像人类进化不掉的尾骨一样长久留在他身上。有些人不到十岁就世故老成，有些人五六十岁还摆脱不了孩子气。两种人我都见过，都免不了替他们的亲人感到遗憾。还好，后来我发现他是个奇怪的综合体（幸好是），在某些方面出于"彩衣娱亲"的隐秘心境，故意保留一点幼稚的形态，尚未到令人不安的程度。

更奇异的是，他从中学到大学一直是学校篮球明星，成绩也总是年级第一，可是他没恋爱过。他曾发表对女性的意见：女人都很奇怪，以及"我不知道该怎么跟女人说话"。好像性别意识的钟摆在他小学时就因故停了下来，于是尽管他的智力和身体长成少年、青年，却总有一部分仍像庄子所说的中央之帝，是混沌状态。（他刚认识我时，很笃定地说：小孩子当然是从肚脐里生出来，我知道。我说，啊，那不是的……他不相信：不可能，那么肚脐长着做什么！）

还有最重要的一项：他不是我"这一伙儿"的人！他对文学艺术的认识……也许比夏洛克福尔摩斯多一点儿，拜我国中学教育所赐。他知道唐宋八大家、李杜，以及"鲁郭曹"。几年前，对于本国的文学和文学家，他居然有"两个凡是"观点：凡是了不起的文学家，其作品一定会被选入中学课本。凡是没有作品选入中学课本的文学家，一定是他还不够好。

清人王尔烈有这么一首打油诗，巧妙地吹嘘自己：天下文章数三江，三江文章数吾乡。吾乡文章数吾弟，吾为吾弟改文章。而我感兴趣的是"吾为吾弟改文章"这种情景。能够从至亲至爱的人那里得到关于事业的解惑和引导，不是最愉悦的事吗？我默默渴望，未来的良人能够"吾为吾妻改文章"。

——那时，我以为我一定会为一个艺术家疯狂。

我曾在心里为他找理由：为什么要让"文艺"在人的综合素质评分中占这么高的地位？为什么勤于看小说散文才被认为是高雅的？为什么没有舆论去赞颂或推动热衷解数学题、物理题的人？文学艺术之中包含精神上的高境界和宇宙人生的大奥妙，数学和物理就不是么？……他不知道《百年孤独》《艾凡赫》的作者，不知道马尔克斯和博尔赫斯的分别，我又何尝知道帆船酒店的设计者呢？

这些心理斗争，他都不知道。对他来说，读书不多的我无疑是饱学之士。但他并不肃然起敬，也不认为要改变自己。我偶尔诮其不文，是"文化"的化外之民。他就假作愤愤，我好歹是十年寒窗，硕士论文也广获好评……

（幸好他是个专业人士，有着足以立身的一技之长。在街上走的时候,他常给我讲视野中某座大楼或桥梁的建造。到外地旅行,他不惜坐很久的车到郊区,只为看看奇诡的建筑。)

最后我承认,他跟我想象中的艺术家差得太远,但他确是众人里出色的那一个。就像——想得到最烈的烈酒,结果找到最甜的蜜糖。其实我也只是在想象里饮过酒,也许烈酒会把我醉死。

我得接受这一点:我是个普普通通的姑娘,他是个普普通通的男孩。我和他唯一能品尝不平凡的机会,就是爱。

2

要知道一件事有多重要,方法是反过来想,如果失去它、没有它会怎么样。比如:文学有多重要?想想没了文学的世界,将是怎样一个枯燥、乏味、粗俗的地方。

坐在黄昏的长窗下,我两手握在一起,命令自己想象,在树荫里有另外一个女人款款走来,善良、白皙、有小巧的手和脚,她可能擅长某种乐器,可能在选择更甜的苹果、橙子方面颇有心得。他选择了她,他们的约会并不火热,但也有那么一些值得铭记的快活时刻。最后他决定上缴他的秘密、姓氏、五官四肢的所有权,未来孩子的命名权。他们互相温柔地听从。她教给他一切关于女人和情人的秘密。在任何一个晚上,她都可以在他身边躺下来,名正言顺地抚摸他,享受他……一想到这,我就不愿往下想了。

那个女人不能是别人，必须是我。

我要知道他每次入睡时，头颅在枕头上摆成怎样的姿势。如果他的手和嘴唇要阅读一副女人的身体，以通过男人的考试，那一定要是我的身体。如果他将来的面孔会逐渐变迁，与某个女人相像，那必须是我的面孔。如果他的脸庞不可避免地要被皱纹攻占，我得知道每条皱纹的生日。

他曾经给我讲，在他家院子里有一棵老苹果树，后来大家在它一根粗壮的树枝上又嫁接了一条梨树枝子。到了秋天，那根枝上就会结出一种兼有苹果和梨的味道的果子，但其他枝子上仍然只结单纯的苹果。当他还是小孩子，拥有一匹威风凛凛的大狗的时候，树就在那里了。那狗儿曾整日伏在树下，等待国王、王后和王子班师回朝，后来它就死在那儿，在一个冬天的早晨……那女人会跟他站在果实累累的树下，听他指点哪一根是梨枝，听他讲故去的老狗的故事。那狗有胃病，但那时还没人花大价钱给动物看病。动物就是这么笨，它不懂得保护自己，生冷的东西它吃进去会呕吐，但吐出来之后，它不能把这个跟胃部不适联系起来，于是端详一阵，又吃进去。就这样病情恶化……他会往远处指一指：瞧，那儿有座小山，我的狗就葬在山顶，每天早晨，第一缕阳光都会当先照在它身上。

这些故事既然已经跟我讲过了，我不能容忍他再跟另外的女人讲一遍。

——很多年过去,他也许会变成一个干净沉默的中年人,卓有成绩的建筑工程师,爱打球,不吸烟不饮酒,宠辱不惊,具有独特的娴静气质。如果那时候再次会面,我会深深懊悔,为什么当年没有得到年轻的他。

那么,就告诉他这些吧。没什么可羞的。羞耻在很多时候一文不值。如果要冒这个永不再见到他的危险,那么受一些窘或者被当面拒绝,都不算什么。颜面扫地?扫就扫,如果他能踏着扫过的地朝我走过来,那我情愿把颜面扎成扫帚,把他脚步所及的地面都扫一遍。

但英国有句谚语这样说:你可带马到水边,但你无法强迫马喝水。

3

在那一段时间,我忽然地丢掉了食欲。我不再对瓜子、巧克力、怪味胡豆这些平时钟爱的零食感兴趣,我甚至对咖啡小说感到乏味,这可是二十年未曾经历之怪现状!几年后我读到一封莫泊桑的情书,是他写给一个叫玛丽娜·巴斯奇特塞夫的女子的:"我以为当一个人具有一种大情欲,一种真情欲时,他应当把一切东西置诸此情欲之下,他应当因此牺牲其他热情;我就是这样做的。我具有两种情欲。我必须牺牲其中的一种——我已经将美食一道牺牲许多了。"妃呼狶，莫君，tell me about that!

我考虑了很久，那关键的一句话要怎么说。"我爱你，笃定如死亡的火焰，狂热如狂信的信徒。"不行，太华而不实。"我们在结合中比在单独的生活中个人要更好，更自由些，你不相信此事么？"这是尼采向一个荷兰女子求婚时的信。但也实在不是女人的口吻。

又认为，我的犹豫和渴望他得知道才行。于是深夜十二点在他房门前的客厅踱来踱去，还特意穿着沉重的皮鞋。他听得见我的脚步声。

不如，就什么也不说了吧。我不愿再等下去。

我在暗夜里靠近他。他在黑暗里也隐约有光，像是个拥有法力、心怀怜惜的天神，又像无法把握的小魔鬼。我想要颤抖地伏倒在他脚下，让身体碎裂成千千万片，叫他每一步都没法不跟我有关系。不管是不是错觉，我都把他的怔怔认为成默许。

……结局正如我所料。

十几年来我一直不是个好学生。唯独在这次考试中，得了满分。是他给的分数。

4

有人是墨水,有人是纸张。有人是琴弓,有人是琴弦。有人是恒星,有人是卫星。有人是煤,有人是火焰。

有人是银河,有人是飞船。

第一次完成拥抱和亲吻之后,我在黑暗中瞧着他。

那柔软的肌体紧紧贴合的感觉,雪橇在积雪上飞驰的感觉,雨夜躲在壁炉熊熊燃烧的小屋里的感觉,海豚在月光下跃出海面的感觉……都好得不能再好了。

我希望我的身体变成一口泉眼,能源源不断地涌出温柔的饮料,无止无竭,供他啜饮。或者长成一棵浑身结满果实的人形果树,头发里垂下紫红多汁的葡萄,手臂上生出拳头大的酸甜柚子,肩膊挂一圈透明无核苹果,供他食用。在他饱餐之后,还可以在我的眉毛上摘一片薄荷叶,放进口中慢慢嚼食。

不过那当然并不止是亲吻,这是一个仪式。无论按什么标准,都得说一句终结的话,表达心愿和志向的话。就像一只蝴蝶如果不用大头针固定在木板上,它就飞远了。一朵云如果不下成雨点,它就飘走了。一个吻如果不允诺,就终将被丢弃,沦为平庸。

可我太紧张。我有这个野心，却张着嘴不知道该说什么。

再拖下去，就要陷入不祥的伤感，错过时机了。

他忽然轻声说，咱们将来会做成夫妻吗？

这话傻里傻气的，是标准的他的口吻。他的态度仍旧平静，只有一点疑惑，像水面浮现的一圈圈涟漪。

那时，夫妻这个词听上去就像是——养老金，冥卫二，阿兹海默，雷克雅未克，东非大裂谷，马里亚纳海沟……一样远。但就在那时候想：一定要跟他做夫妻，那是一定的。

遂拿出所有认真，斩钉截铁地说，会的。

平生第一次，感到时间与我同在。仿佛忽有一种无比强大的力量被注入我的身子，供我支配。再没有什么好担心的。

同时觉得，这部电影需要打起精神来观看，不能再三心二意，因为前边的铺垫戏份都交代完毕，男主角登场了。

创世记

1

起初,我并不识得你。

世界空虚混沌。我的心因受恶人的羞辱而悲痛。地面黑暗,绝望攫住我心,我不知往何处寻找庇翼。

于是有一女子,她是和善的。她引我去,穿过浓荫之路,穿过凝视的狮子与鸟群。那儿是你的住所。

我轻叩门扉,你来开门。太阳自云后将它的金光投在你面上。

你向我微笑。你的眼睛是我从未见识过的星。

我说:不如我们相识。

于是你告诉我你的名。我将我名写在手心示于你。

我与你相识。事情就这样成了。

早晨，晚上，昼与夜，晨曦与晚风，暮晖与星光，我在光明与黑暗里思量你。

这是头一日。

2

我说：我要为你的邻。因我需感到你的呼吸波动着近在咫尺的空气。我需因你的笑而发见心底的欢喜。

于是，我迁入你紧旁的住所。

你笑说：我可借你的体气知你是否在附近，若香气淡，则你不在，若香气浓，则是你在。

在我心之园地，滋生青草与树木，草与叶片片铭你的名。

当你走近，所有草茎与枝叶簌簌舞蹈。树木参天蔽日，使我不能见世间他物。

当你与我交谈，如有山间泉水，流润草根、树根。树上结有核的果实，我取下与你分食，见果核里亦铭你的名。

我知我心系此人，亦看到我的影在你眼中被柔光包裹。

于是我爱了。事情就这样成了。

早晨，晚上，昼与夜，晨曦与晚风，暮晖与星光，我在光明与黑暗里想着你。

这是第二日。

3

我说：中午时分，我要在你身边小憩。

你允了我的请求，让我躺下听你呼吸的音乐。

我不能掩饰将你纳于臂间的渴求。我不能摒弃将你嵌入身体的祈望。

于是你说：好的。事情就这样成了。

当你容我置面颊于你唇上，虹霓闪烁，松林呼啸，云霞熊熊燃烧，海浪之下的鱼群跃起在半空。

我说：我本是你骨中之骨，肉中之肉，如今我溯回了生发之地。

你说：是的，你原属于我，从今之后你亦将永属于我。

于是，我与你成为夫妻。神看这是好的，遂赐福于一切。事情就这样成了。

我说：我要照着我们的形象，按着我们的样式造人。

你说：好的，造成的人将以我的姓为姓，以你的愿望为名。

事情就这样成了。

晚云遮蔽了月的时辰，那小人诞在有羊群静卧的平原下，她的哭声惊落栖在林梢的露水。

早晨，晚上，昼与夜，晨曦与晚风，暮晖与星光，我在光明与黑暗里依傍你。

这是第三日。

4

你说：我需远行。

我说：好的，我要用麻与软草为你编织一双鞋，并固以我手指上的血，可避开路上荆棘与蒺藜。

你便离去。鸽群飞过菖蒲丛，我心因离别而如割。

早晨，晚上，昼与夜，晨曦与晚风，暮晖与星光，我在光明与黑暗里等待你。

在最后一颗星黯淡之前，你从远去的路上返回。

你问：你独自做了些什么？

我说：我令我生命暂时停止，等你。

你示我以远山的花朵与莓子。

我又说：这是午后采摘下葡萄酿成的酒，我在等着你，与你共饮。

于是我与你饮尽那琼浆，在醉中得到从未有的酣眠。

这是第四日。

5

当我的声音不能振作你,我知是疾病攫住了你。

我说:你何忍令我陷于此境,你可知你一重的苦痛,在我是千万重。

你说:我知道,我亦知你的焦灼和温存终可愈我。

我说:是,无论秽臭与污浊,我将守护你。

我将你的头颅枕于我腿上。我噙露水涂你干渴的唇。我拥你身躯以驱折磨你的寒冷。我揉摩你的肌体以减你的痛楚。

琥珀色的豹在涧水中的石上跃过,水中鱼有夕阳颜色的尾梢。

早晨,晚上,昼与夜,晨曦与晚风,暮晖与星光,我在光明与黑暗里侍奉你。

这是第五日。

6

我在溪中看自己的影。我说:这躯体不复鲜美如前,这肤不复如脂,这唇不复如花瓣,你见到和抚摸它们可仍欢愉?

你说：在我目中看到的你永是少年的样貌，永是世间最好的花。

我说：是的，我亦如此。

我又说：我愿我的每一条褶纹和白发都与你的一起出生，我要它们有相同的生日。

你说：好。事情就这样成了。

早晨，晚上，昼与夜，晨曦与晚风，暮晖与星光，我在光明与黑暗里与你一同老去。

这是第六日。

7

在第七日，银河横亘于夜空中，星光泻于藤萝之下，我挨着你的肩仰卧。

我说：我以从未有过的深与诚爱了你，为你生育，伴你衰老，如今我们已可死去了。

你说：好的，将你手交与我手中，那一时刻由你倒数，不要错了时分。

于是我说：三、二、一。

于是我与你一同休歇了呼吸，阖目睡去。这是真正的安息。

事情就这样成了。

于是世间一切都停止下来。万物入睡。时间之河寂静流淌，流过田野和屋顶，流过空间和所有星辰。

虽无眼与耳，然我知你永在近旁，无论肉或灵、飞翔或坠落。

我终知确有天堂，是因你拨散云翳令我看见，并引领我拾阶而上，入那永恒的花园。

在那里，一切都是好的和美的，是神赐福的。

早晨，晚上，昼与夜，晨曦与夜风，暮晖与星光，我在光明与黑暗里与你得到永生。

8

薛，我们已度过了两日，此时正是第三日的午后。

时间呀你不妨慢一点，因之后所有的事情，我俱已了然。

不如在星辰下坐下来，饮一杯生命的琼浆吧。你知我总是会在那槐树底的石阶等你的。

第二章

在石榴和琴弦的园子里

我观看你手造的苍穹,和你安放的星辰月亮。
我们以青草为床榻,以松树为椽,以香柏树为房屋栋梁。

笨问题

人总忍不住要问点笨问题，像问登山者为什么要去登山。好在大部分笨问题，只要不是"何不食肉糜"，"为什么不吃蛋糕"这种，都能引出来聪明答案，比如：因为山在那里呀。

——要是问题太聪明，答案就被问没了，比如《天问》，比如郴江幸自绕郴山，为谁流下潇湘去。

小时头一次读到亚历山大和木桶里的第欧根尼斯的故事，光看问题就知皇上要糟糕："请问你需要什么，我都能满足你。"这是金鱼对老渔夫、仙人对穷光蛋说的话啊，哪能拿来羞辱圣哲，圣哲又怎么肯把物质上的匮乏认作匮乏。果然，第欧根尼斯没有错过万古流芳的机会：我要你闪到一边去，别挡住我的阳光。

亚历山大不是俗人，可惜难免失口，成了人家不朽声名的垫脚石。

在很多或真或假的故事里，女人，尤其是有钱的女人，总是孜孜不倦地生产笨问题。法拉第发现电磁感应，向众人演示，一位贵妇人问，您这个发明有什么用？法拉第反驳说，刚出生的小孩又有什么用？

另一贵妇人，到印象派画家的画室去参观（我忘记是哪个画家了），看到比例严重失调的画作，问：画家先生，这个女人的手臂是不是太长了？画家说：夫人，这不是一个女人，这是一幅画。

——再附送一个"贵妇人故事"，是钱锺书讲的。一位贵妇对画家惠斯勒说：我不知道什么是好东西，我只知道我喜欢什么东西。惠斯勒答道：亲爱的太太，在这一点上您的所见和野兽相同。

——总之，大家有一种印象，女人总是蠢的，越有钱越蠢，科学、艺术与宇宙的奥秘，对她们来说如同油在水上。脏水尽管往她们身上泼即可。

法国作家热拉尔·马瑟在他的书里描写了一个"影子博物馆"和"猫学院"。他形容自己的文字是"呓语"，可见其风格。把马瑟作品译介到中国的译者先生到巴黎去旅行，见到了马瑟，并进入了他的书房，"书房很大，一个长厅，空空旷旷的，只在紧里面摆了一张书案，是他写作的地方。一走进去，有一种要'升堂问案'的感觉。"

这种书房真让人神往，有宽绰的空间，想象力才能来回游动。要命的是，译者先生好像被书房的神秘摄住，提出了两个见习记者水平的笨问题。第一个：马瑟先生，您写到一个"影子博物馆"，它真在布拉格吗？我查了很多资料都没找到。马瑟的回答可想而知：这纯粹是我想象中的旅行，你信以为真了，这正是我要给读者创造的印象，看来我成功了。

第二个问题：《猫学院》这篇文章，您到底想传达什么样的信息？马瑟（"有点惊奇会问这样的问题"）：没什么特别的，这些都是"量身定制的幻想"。

看到这里，拍案叫笨。

小薛也常会提些笨问题，像这部电影到底想表达什么？这首诗是什么意思？蒙德里安的画凭什么值那么多钱？约瑟芬为什么要收集那么多玫瑰花？……每当这时，我就倍感秀才遇见兵。他是我的"贵妇人"。

据说他中学时候厌恶文言文，曾趋前问其师曰：古文者，今已废矣，无用，为何要学？老师瞠目良久，答道：因为高考要考。

还有种问题，笨是笨一点，笨得隽永，千年万载都有人问来问去。比如"花强妾貌强"，"你到底爱不爱我"，"你爱我有几分"。这种问题其实不该问，它们的答案是通过眉毛、眼皮、眼珠、睫毛、泪腺、鼻尖、嘴角、声带等器官的种种动作来告知的。不过如果早有成竹在胸，或是才华横溢，答案可以非常精致，如"月亮代表我的心"。

村上春树有一个微型小说《关于夜半汽笛或故事的效用》，

以这个问题引领：女孩问男孩，你爱我爱到什么程度？

被问的少年说，到半夜汽笛那个程度。

然后他讲述某次在深夜中醒来的孤单痛苦，因听到远方火车的汽笛慢慢缓解，对他来说，女孩就是汽笛一样解救他于窒息的事物。

这真是又飘忽，又漂亮的答案！

看完这个故事，我也暗暗草拟了一篇说辞，预备等小薛问我"你爱我爱到什么程度"的时候，像魔术师空手变鲜花白鸽一样，"刷"地亮出来。哈，他不晓得会有多惊喜。

好几回月夕花朝，脉脉相对，我都以为他要问了！……他肯定会问的！……天哪，今夜的春风这么温和，简直太适合说出我那篇答话了……

可是，那个每天都会问几个笨问题的人，居然至今不曾问过那个最经典、最常见的笨问题！

花前月下

其实快乐总是小的，紧的，一闪一闪的。

——木心

晚上散步回来的路上，跟他说，紫薇树是怕痒的，又叫"怕痒树"，据说挠一挠，会动。

他不信：你净骗我。又说，回家路上就有紫薇树，去挠给我看。树要不动，挠你。

路过的第一棵，位于某大厦花池子里，入口有保安把守。保安并不弹筝，只专心挖鼻。我说，如果跟保安讲，请放我进去挠一挠你家紫薇树，看它动是不动，保安会如何？……

第二棵在路边栏杆里。瞅四下无人时，腾身跳进去。树比我高，粉紫花瓣木耳边，像随手揉皱的纸团，天生一股没韵致的小妾相。先亮出手爪，抖一抖，示意我要出手了客官仔细观瞧。

慢慢在树干上一抓，指甲咝咝划下来。

树梢似乎真的微晃。睡着的人被扰到，迷糊地略一转侧。

你看，动了没有？

……风，刚才有风！

再抓痒似的"抚摸"两下。哗啦啦，树仿佛又动了动，然而，还是有风啊。

手扶树枝站着，忽然走神了，回头看时，他背着路灯光，叉手而立，笑微微的。

又一个夜。睡前在黑暗里说话，忽见到帘子下头有块白。

道：是对面建筑工地开灯赶工吗？

答：去看看。

摸黑下床，拉帘子，踏进阳台，开窗，跟一盘明煌巨大的满月打了照面。

原来满地是月光。

惊：从没见过这么大的月亮！这么近……

明月照高楼，流光正徘徊。皎皎孤月轮，相见不相识。亲爱的老月，威皇起来了。

伊像是个远方的客，冷冷凝睇。从安徒生没有画的画册里升起，把头脸转过来，探到窗外。

整片天空低垂下来，舞蹈人形似的云也谢幕了。楼宇都噤声。月色峥嵘。月不是月，是冰河，是宝刀。河上波光，冰上寒光，刀上莹光，为死亡的千岁明辨分毫。

碧澄澄，青惨惨，寒冽冽。

好像破釜沉舟之后，波光刀光扑面而来。正大敌当前，生死攸关，再调息一刻，就要并肩闯过去了。

……又看向他。像是个陶人，浑身贴了银箔，不知打哪儿泅渡而来，月下相逢，闻琴解佩。

忍不住紧紧抱住，一吻。

说：谢啦。

《水浒》，"宋江别了刘唐，乘着月色满街，信步自回下处来"。金圣叹批：月毕竟是何物，乃能令人情思满巷如此，真奇事也。人每言英雄无儿女子情，除是英雄到夜便睡着耳。若使坐至月上时节，任是楚重瞳，亦须倚栏长叹。见夜月便若相思，见晓月便若离别，然其实生平寡缘，无人可思，生平在家，无人可别也。见此茫茫，无端忽集，世又无圣人，我将问谁矣？

逢良辰美景花前月下，独享是很难过的，花月也会失色，因此雪夜需访戴，因此月色入户时候，苏轼念无与乐者，到承天寺寻张怀民。

如已有一人在身边（且是知情识趣的良人），令不至孤零伤怀，那真要好好道一声：谢啦！

雨

　　下雨，如老友来访。

　　云晓得天，不了解地。河行遍了地，没见识过天。雨上天入地，见闻最广。亿万只晶莹的触手，从高广的云深处伸出来，抚触大地。雨让普通的事变得神妙。汪曾祺说李贺的诗是在黑底子上作画，雨负责的就是把世界涂成个黑底子，什么情绪都显得鲜艳。风雨凄凄，鸡鸣不已。既见君子，云胡不喜？没有前面的凄凄，后面喜的味道就没那么甜。平常的日子大多记不太清，最终记得的都是雨天。少年听雨歌楼上，壮年听雨客舟中，暮年听雨僧庐下，一辈子，三场雨就说完了。

　　一下雨，你就兴致高昂地说，走，走，出去看下雨！

　　为什么喜欢雨？

　　你答，因为雨有趣啊。不下雨，多么枯燥乏味。

　　趣自何来？我试着从你的角度想。下雨了，像节目开演，虽然整场也就一台大合唱。最开始，雨点先是试探着落，噼，啪，噼，啪，像打电话最先几句：Hey, hello? 是我，我啊。像主持人调试话筒，喂，喂喂。平时缄默的老天，这时压低声音开腔了，一开腔就容易收不住，遂萧索淅沥，继而哗啦啦啦啦。伞则是玩耍用的道具，让人跟雨捉迷藏。雨扑到伞顶，什么也没抓中，从伞边溜下来时，这才看到人，一边往下掉一边抓紧说，嘿，原来你在这儿。隔岸观火，隔伞观雨，居安思危，人在雨中又不在雨中，世界都湿乎乎的，伞下自成一个干燥空间。每颗雨滴是一发子弹，雨像一种温存的、并不伤人的危险，站在险境边缘，可带着敬意摸一摸那凛冽，浅尝辄止。

（好，我承认雨确实有趣——那也是为你。）

两人同行久了，单人伞嫌挤，买了一把巨大的双人伞。伞柄粗壮如老芹菜杆，撑起来有一个大圆桌桌面那么大，走在雨里像移动的小凉亭，又像无形城堡，敌军万箭齐发，都不能近身。

或者春雨忽然飞起王士祯的诗：今年东风太狡狯，弄晴作雨遣春来。

雨轻得像马上要融化在空气里。没带伞，头发也并不湿，只是渐渐潮黏，头皮上感到凉意。小雨里的树、草、花，都特别好看，枝叶低垂，像在做梦，时而微颤，如婴儿闭目吮乳时唇角抿动。

雨天，在窗口等你回来，没一会儿就忘了是在等，专心看雨。看得正呆，见一人持伞刺穿雨幕而来，模糊里有个轮廓，像从雾烟里走出，珠箔飘灯，遥遥一笑。一瞬间叹道，这人笑得真温柔，真好看……这才认出。雨幕被刺破的瞬间，又自己缝补起来。

每个城，每个季节，雨的体嗅都不同。深秋的雨已有了雪气，投在一个小城的客栈，早早并肩在雨声里躺下。忽听到几声梆子，叫卖声，米酒，米酒嘞……商量犹豫要不要披衣买酒的当儿，叫卖声已远了。远处时时听见轻雷。

离开你暂住沿海城市，某日，台风来了，挟惊涛拍岸之势，暴雨如倾，几棵细弱的道旁树竟被连根拔起。人都站在阳台上看雨，惊叹。我想，如果你在，会不会也要出去顶着台风走一遭？下雨的时候独处，凄凉甚。朱生豪情书：昨夜一夜我都在听着雨声中度过，要是我们两人一同在雨夜里做梦，那境界是如何不同，或者一同在雨夜里失眠，那也是何等有味。可是这雨好像永远下不住似的，夜好像永远也过不完似的，一滴一滴掉在我的灵魂上……

我自己有一把小伞，伞面做成微黄的旧报纸模样，平时几乎不开，只是像防狼器一样以"就怕万一"的原则放在包里。在巴黎公墓，遇雨，两人仅有这一片巴掌大的小伞，这时才发现那伞薄得像报纸，实在难堪大用。好多墓上都有微缩教堂似的小建筑，尖顶彩窗，里面供奉耶稣十字架，有门，都虚掩着。一对洋青年钻进去搂抱着避雨。我说，咱们也找一间，避一会儿。

你坚持不去，宁愿淋着。说，那下面有棺椁的呀，踩在别人头上，多不敬……最后还是听你的，尊重亡者，淋雨离开。

我本来怕雨。因为小时家住平房，盛夏，雨持续两小时以上，屋里就要浸水了；又怕冷；又怕弄湿鞋，而无论怎么像偷珠宝的女盗一样小心地左跳右闪，躲开大小水坑的机关陷阱，最后鞋仍要神奇地湿掉。此际总想到美军到越南打仗时，老兵对新兵的忠告：一定要随身多备一双干袜子。

但是，你喜欢……

所以我也慢慢敢于打开门，让雨水飞进来，跑进来，手拉着手，踮着它们伶俐的、光滑的脚尖。春雨微腥，是各种植物奋力萌发的腥，近似荷尔蒙旺盛的少年身上的味道。夏雨像酒，淋雨犹如痛饮，不久辄醺然。秋雨生寒，像某高傲人儿冰冷的手指，与他把臂同行，款款倾谈，便知他内里别有深情。

这些雨，都是你引荐给我，是你送我的，是你的雨，因此他们美不胜收。

雨是你的友人，你不在，他们时或前来，陪我絮语，倚熟卖熟地，把心思一一说破。

床 的 大 陆

  第一张床是草草拼接成的，我抱着被子枕头，搬进他的房间，从此结束独眠生涯。他的单人床由房东提供，简陋得很，其实只是个木头架，再搭上几根宽木条，铺上竹席和褥子。为了承载一个新来客，他把竹席向侧方向抽出一截，褥子也随之拉宽。单人床就此变成1.5米宽。幸好都不胖，他仰睡，我侧睡，尽力向他那边挤一挤，能感觉到靠竹席力量支撑的那一方因底下缺乏支撑，颤巍巍的。

  只要有床，我的目的就是与他躺在一起，中间不要有任何障碍。入睡的时候，身体一定要互相挨着，醒来要一伸手就碰到他。

  天长日久，我能够在任何一张床上与他躺在一起，甚至是长途火车的卧铺铺位。那铺真够窄了，但我仍能够绷直身子，在壁板和他仰卧的身体之间，侧着身，保持彻底的扁、薄。

  这时，我想象自己是被塞进纸盒里的一沓信，被插入满满当当书架的一本书，被放进贴胸口袋里的一片树叶，或是堆得高高的蔬菜筐里一枚扁豆。乘务员来查票，皱眉：有票吗？有票回自己铺去！我诺诺连声，爬到上铺去——买一个上铺一个下铺，下铺总是要给他睡，因为他身架高，折叠到上面小小空间，太过痛苦，我更乐于踮着脚尖蹭蹭两下爬上去，表演矫健身手，然后俯瞰众生。他在黑影里仰望我，能看到微弱的光闪烁在瞳孔中。

梁实秋与新婚妻子程氏乘火车，铺位是分开的。车走走停停，一停他就去看她。程氏早晨醒来后，对面的女士说，你们一定是新婚，瞧你先生，一夜工夫跑来看你十多趟。

在各处睡眠，床总是比他的身子短，要在床脚搁一只凳子，用毛巾、枕巾或薄被子垫起来。另一个不得不经常做的努力，是把两张单人床合并成双人床，或是把两张床推到一起，用被子铺垫，弥合中间的缝隙。泰国一间非常好的酒店，临海，双人间，兽爪形状四脚的浴缸。然而他们的床居然不是双人床！只安排两张单人床挨在一起，每张床四周，像护城的高墙一样，安装了一圈微微高起的木板。为之束手。若是来度蜜月的新婚夫妇，难道让他们分床睡吗？这酒店实在不通人情。我郁郁不乐，先是提议在地上打地铺，然后又想用老法子，拿被褥覆盖木墙，最后说要不要放弃其中一张，仍挤单人床？……他百般劝阻，说，不过三四个夜晚，忍忍吧，房钱花了这么多，只享用一张床，实在浪费。那几天一到晚上要分床睡，就像要暂作别离一样。对我来说，这不啻小小的惩罚。

在某城的青年旅社，得到最后一个房间，位于楼顶。屋顶是倾斜的，挖开一块方形的天窗。窗帘可以横着拉开。到睡觉时才明白这个天窗的好处。将近午夜的时候，关灯，躺下，打开天窗帘子，猛然发现月就清清楚楚地在头顶。天高月小。月小得只剩一粒，也不是白玉盘，也不是黄金币。更像天帝妻子浓黑长发中佩着的珍珠。或是个值班员，在所有仙人都睡着的时候，看守天空。月光从天窗洒下，像给床罩了纱帐。它像是要发什么命令，或是说一些寂寥和玄妙的话。但话音损失在漫长的光年之中，到达耳边的时候，只剩下比寂静更静的声波。

那是我睡过的最神奇的一张床。

在网上订旅店，有些会有床的选项，Twin Size，Double Size，Queen Size，King Size和California King Size。电影《*Yossi & Jagger*》(《我的军中情人》)里，士兵Jagger最大的愿望就是与同性爱人Yossi一起享用一张King Size的大床。在我眼里，那就像短时出租一个国家，一片海域，一架飞机，一艘游艇，您打算租带野生动物公园的大岛屿、小型喷气式飞机，还是直升机？

世界上最贵的床，由英国一家皇家用床制造厂出品，2013年3月已面向庶民开放订购，他们的床，床垫用卷曲的拉丁美洲马尾巴制造，填充物是蒙古山羊绒，上面用来覆盖的布料由2600公里长的真丝织成，每张床都会按照客户的个人要求，精确调整每一侧的软硬度。最后，还有皇家刺绣学院出场，为购买者把家族徽章绣在床上。造这样一张床，耗时700小时，价格是175000美元!

——如果女主人想躺在床上边吃冰淇淋边看电视,床垫大概会礼貌地发出提醒的电子音:主人,我可是价值175000美元的货色,你确定你舍得把糖汁滴在我身上吗?

躺在世界最贵的床上的人,会比躺在一张棕垫上的穷少年更快乐么?……物质的价格,往往和它能带来的快乐成反比。

有了两个人的床,广袤到无法想象。好像打开魔法衣橱的门,后面有一整个纳尼亚大陆。每次到床上去,像一回短途旅行。有供旅行阅读的书籍、食物、饮料、座椅、铺位、风景、旅伴、船长、救生船,以及船上的理查德帕克。一应俱全。

当然了,书籍、食物、座椅、铺位、风景、乐队、船长、救生船,理查德帕克,都由他来扮演。仰卧的时候,就像准备好了能张开手臂抱住世界,在虚无中建起巴比伦的空中园地,侧躺,则像是专注地看守。我像盲人阅读盲文书一样,靠手指辨识他皮肤上的句子,这是我每天的睡前故事。只有并肩躺在一处,才能最真切感觉到这些都是真的,这人是我的良人,我可恣意把玩,我拥有这里和那里,君临一切。

他不在的夜晚,我惧怕到床上去。没有他的床,就像没有水的海,没有树的山,没有花的园,没放牛奶的咖啡,没有梅西的巴萨,没安灯泡的房间,没养老虎的动物园。它被掏空了,变得乏味黯淡,不再是一片乐土,而是无声无息吮吸力量的魔法沼泽。呀呀,鸳鸯瓦冷霜华重,翡翠衾寒谁与共。我甚至不愿闭上眼,闭上眼睛就像松开手,坠入深渊。

……今夕何夕,绸缪束薪。郎呀,我与你眠过几多榻,共过几多枕?几度银釭照翠簪,风清月白可怜春。几度携手红罗帐,同看那星璀璨,夜深沉。

到今天为止,我还没拥有一张真正属于自己的床——可是哪有真正的拥有呢?

我将要分享你的每张床,直至我们共有一个墓床。

失 眠

　　极恐惧失眠，感觉像别人集体到外星球度假，吃香喝辣，风流快活，我被一个人留在地球上。这个破地球啊！

　　黑洞洞的房间，一条细细的鼾声就在身后。我摆好了姿势，蜷成一团。睡眠头一个步骤是惺忪，花了两个小时，连惺忪的边儿都不沾。再过一个小时，还是看不到能去外星球的前景。光看脸和身子，外星人一定以为我睡着了，其实大脑在敛眉闭目的脸皮和平静摆放的颅骨里面，控制不住地飞转。就像中病毒的电脑，屏幕上自动弹出很多文档，一个接一个：没回复的邮件，没写完的稿，没做好的事。光标不停地闪，自动往下打字。停不住地想，天哪，接下来该怎么写，怎么说，怎么纠正拖延了很久的错误……

　　一年前常失眠，今年还以为彻底好了。这是个从紧张到焦虑到更紧张更焦虑的死循环。试图把他弄醒，诉说：睡不着，怎么办。他迷迷糊糊说，数羊，可管用了，你想象一只一只小绵羊啊，往羊圈外跳……然后呢，然后没声音了。就像跟外星球通了一回信号不好的电话。要是反复抚摸身边这具暖和却没回应的肉体，会觉得他是中了离魂的巫术，或者像黑客帝国一样，魂儿赶到另一个空间去砍砍杀杀了……

也不知多久，多久，终于感到一团睡意，简直要涕零了。控制不住的狂奔之中，忽然撞到一堵棉花做的墙，所有狂乱的力气被温存地接住，包裹起来……油然，那团睡意降落在眼皮和鼻梁上，像麻醉药一样坚定地扩散，攻占了腠理、肌肤、膏肓。想象武侠电影里，窗户纸破了，一根小竹管，缓缓冒气，鸡鸣五鼓返魂香。唉，苦苦失眠之后再睡着，真舒服，紧绷得像冻住了的身子，一点点扁下来，软瘫下来了，融化成一颗一颗粒子了，渗到亲爱的老床单的经纬里了，那也不是床单，是飞毯，飘飘起飞，背着我赶到四季如春的外星球去……终于睡了半小时，晨光已把窗帘染白。

白天，他问——为什么不数羊？我以前睡不着就数羊，可管用了。

我试过，根本不管用，要数总需要脑子里有个画面吧：那羊到底是动物世界里的大角羚羊，还是小羊肖恩里面的黏土小羊，还是羊驼……羊跳出圈了，跑哪儿去了？牧羊犬是不是去追羊了？牧羊犬是边境牧羊犬还是德国牧羊犬？一想这些，脑袋就更没法平静了。

这样，你可以数C罗，好多好多C罗，一个一个走过去。

数哪种C罗？穿曼联队服的C罗，还是穿皇马队服的C罗，还是穿葡萄牙队服的C罗？再说，想到他就更心乱了，会想今年金球奖他拿不拿得着，世界杯预赛……

他细长的眼成了两个弯弯，好笑兼没辄地撇嘴。我没法说下去了。如果不是太爱胡思乱想就不会失眠，那么给正常人的法子也就根本施展不开，是不是这个道理？

晚上，睡觉之前他小心翼翼地说，今天困得厉害吗？要不陪你再聊一会儿？

结果我睡得很好，梦里照例有凶案，恋人私奔，恐怖分子……

翌日，他说，我也失眠了。

我实在忍不住，没心肝地笑出声来。你数羊啊，数羊不是很管用吗？

他说：只失眠了半小时，不过，数羊确实不管用，怎么回事呢？

我遂推荐我的药方：其实我小时也有一个法子，就是努力想象一个画面，一张桌子，桌上放一个盘子，盘子里放一块豆腐，然后跟自己说，我的脑子就像豆腐一样，白白的，嫩嫩的，什么都不知道……你用这个肯定合适。

他摇头，不，我也想到新办法了，那就是，数自己的呼吸！一旦大脑觉得很无聊，它自己就会疲倦，想要睡觉了……

文无第一武无第二，我希望哪天，两个人都失眠的时候，可以比试一下，个人用个人的法子，看谁先睡着。不知道会不会像那个老笑话：老头子和老太太比赛谁先说话，谁先说话，谁就吃最后一块糕。比赛睡觉呢，比着比着，我总算睡着了，忽然被他摇醒，好啦，你赢了！于是后半夜谁也别睡了，走吧，咱起床吃糕去。

灵 犀

　　灵犀,我觉得可以理解成——默契,或者,不约而同。

　　有一回,面对我一向仰慕的一位前辈,他年纪是我的两倍,但性格特别有趣可爱(这正是我喜欢他的原因)。我始终带着恭敬的脸色,听他跟另一位女前辈闲聊。不知怎么提到了"职业"这回事。他说,最枯燥的职业是什么?应该是开电梯的,每天坐在小铁盒子里,工作就是按几个键,多可怕!

　　另一个女前辈:这么说来,门卫和保安也很枯燥喽。

　　我忍不住插嘴说,不,开电梯的人枯燥,是因为他跟人的接触太短了,一点"视野"也没有,而且这种工作任何人都可以做……

　　他点了点头。

　　不一会儿,又说到最有意思的职业。大家提到了"冰淇淋试吃员","度假海滩体验员","地铁推手"。

　　那位前辈面露向往之色,说,我小时就特别羡慕交响乐团里面的一个人,他啊,手里拿着……

我激动了,心怦怦直跳,抢着说:三角铁!

他张大眼睛,对,没错,敲三角铁的那位!咦,你也这么想?哎呀,整场音乐会,他只需要在适当时候敲那么一两下……

我继续抢着说下去:……其余时间他都可以安然坐在乐团人员中间,悠闲自得地听着演奏,偶尔在心里挑剔一下首席提琴手的弓法……

他嘻嘻笑着,不断点头。我感慨说,我也从小就想干那个职业,因为看上去也不需要什么刻苦的专业训练。……

而这个时候,身边的女前辈还没弄明白我和他在说什么,茫然问,三角铁是什么?

后来,我沾沾自喜地把其归为"默契"。回来之后,我跟小薛说,你记得我跟你提过,我小时最想做的事是……他接下去说,在交响乐团里敲三角铁嘛,怎么了?

我:今天我发现原来还有另一个人有这种想法,我们达成了"灵犀一点通"!

——为此想起大学时同宿舍的女孩,她梦想的职业是去澳大利亚的森林,当护林员,因为这样就可以天天有机会抱树熊。但愿她也有一天在人群中听到另一个人说,哎呀我的理想是当布里斯班森林公园的护林员。

据说夫妻之间的默契,有到这种程度的:男人忽然想提起一个人,做苦思状,说,那个什么片子里那个什么演员来着……他太太毫不犹豫地替他说：《杀死比尔》，乌玛瑟曼。举座皆惊。

至于常见的"脑电波的影响"，我和他也常有：两个人走在一起，对方忽然说起自己脑子里正在想的事情。或者对方忽然哼起一首歌的前奏，竟然是自己也在心里默默哼着的。有时那首"默契"的歌儿实在冷门，很久不听了，而他其实根本不会唱，不过一年前经常听我在烧饭晾衣服做体操时大声唱过，记得那么一点旋律。忍不住问，哎，你怎么会想起这首歌来？

他也很困惑，眨眨眼，我也不知道为什么，那个调调一下子就冒出来，莫名其妙。

我说，根本不是莫名其妙，是因为我正在心里偷偷唱，发射出的脑电波影响到你了。

然而，如果特意做实验，面对面瞪大眼睛看着，让对方猜自己心里正在唱什么歌，又多半会失败，哪怕手拉住手，身体上有物理接触也不行。

可能"脑电波"这个东西就像六脉神剑一样。

有一次，城中暴雨，正是黄昏时候，我和满满一公交车下班的人被堵在城北，动弹不得。所有人都又恼怒又暴躁，雨在车外喧哗个不停，像苏格拉底的悍妻不停地从楼上往下泼水。我费力地从包里掏出手机，想给他打个电话，发现手机严重电量不足，坚持不了几分钟了。这时，铃声忽然响了。接起来，他在那边说，你到哪儿了？

我把站名告诉他。他说，你倒车到我这儿来，咱们一起走回去吧，到我楼下打电话叫我。挂断电话，手机就自动关机了，不过再开一次机打个电话应该还能支持。

两个多小时之后，车子晃荡到了站，已经快九点了。雨仍下得十分凶狠。我从人群中挤出来跳进积水，三秒钟就湿透了。我想，超时了一个多小时，他一定等得很急。在大厦骑楼下面，拿出手机按开机键，等着。

就在机器刚醒过来的时候，铃声竟然恰好响起来。我问，你刚才打过很多次了？

没打过啊，这是第一次，我也在忙。你到了？

我只答了一句"我在你楼下"，手机就黑掉了，像临终的病人耗完了强心针的药力，彻底安息似的。

一边呵手一边想，还真是有默契啊，难道脑电波在潮湿天气格外有效力？……某人昏迷多天，回光返照只有那几秒钟，而爱人刚好在那一刻及时赶到床边，成功说出了最后一次"我爱你"。大概就像这么凑巧。虽然不过是打电话相约一起回家这么点小事，但人生如此平淡，不妨把这也算是小小的奇迹吧。

雨停之后，我和他慢慢走回家。积水约有几厘米深，因为舍不得让新球鞋多泡水，还把鞋袜都除了，赤着脚走。开始很有意思，走出十步就痛死了。

洗 澡

身为洗澡的狂热爱好者，我认为现代科技最伟大的成就之一，就是让人们能够在室内随时洗到热水澡。从几本关于卫浴史的书中，可得知这么一些关于洗澡的事：

公元1世纪，罗马人就修建了温泉浴场。

中世纪时，沐浴曾被认为是浮华、轻薄的。国王每三星期洗一次澡，可以想象他的臣民洗澡的频率。但是在中世纪的奸情中（大概是根据传说、故事以及案件记录），一对情人的夜晚往往以共同沐浴开始。

沐浴中的裸体，是在水中回复自身，但对身体的关注隐含了欲望的自觉，因此在基督教文化的早期传统中，沐浴不受鼓励。一位虔诚的修道士避免与水的任何接触，以此表现他对欲望的坚拒。他宣称，为了吓跑一位爱上他的狂热女子，他不惜自暴其丑，展示满是虱子跳蚤的身体。某位圣洁的修女称，洗浴意味着把脚润湿就为止了，即便如此，还得有人尽力说服她。雷格那尔德主教也为他的身体没有接触过水而感到骄傲。

处女们被警示不要与水接触。她们会因此注意到自己裸露的身体，并因此对她们的灵魂产生危害。如果她们不顾劝告还是执意要沐浴，那么就尽可能地在黑暗的夜晚，并在窗户紧闭的屋内进行。

16世纪时，欧洲人普遍相信洗温泉浴能治病。在那之后几个世纪，洗澡都以一种治疗方式存在于市民生活中。任何人如果不是为了治病而洗澡，都会让人觉得怪异。

1801年，一位医生这样写道："大部分伦敦居民每天清洗手和脸，但年复一年地忽视清洗他们的身体。"神志正常的人都恐惧洗澡，大家公认，经常洗澡会患上风湿病和肺病，病人洗澡则会加重病情。

有一位科贝特先生，被认为是"危险的、卫生方面的激进者"，他写了一本《恋人须知》，书中说："洁净是（爱情）最重要的调料。至今还没有，将来也不会有任何男人会将心中那份持久、真诚、炽热的爱情洒向一个肮脏的伴侣。"他建议热恋中的男人注意查看情人的耳朵背后——这位绅士可谓"举世皆浊我独清"，他大概鼻子特别灵，这个灵敏的鼻子肯定让他在那个"洗澡危险"的时代受了不少罪。一位公爵的意见刚好与他相反，称汗水让男人保持洁净。另一位诺福克十一世公爵痛恨水，他的家人只能趁他喝醉了酒、不省人事的时候，用担架把他抬去擦身。

1837年，维多利亚女王登基时，白金汉宫里（竟然！）没有浴盆。她不得不申请一些"卫浴"经费。

法国爱丽舍宫中有一个金碧辉煌的浴室，是专为拿破仑修建的，据说皇帝陛下每天要用极热的水洗一次澡，而英国人惠灵顿每天洗冷水浴，有历史学家评价说，热水浴损害了精力（你们真说得出口啊！），这可能就是拿破仑在滑铁卢败给惠灵顿的原因。

有统计学家称，即使在今天的伦敦，仍有五分之一的人从不洗澡。

……

"洗"是种仪式。在宗教、武士制度和法术中，沐浴和清洗都具有特殊意义，与保持洁净健康没有关系。在很多传说中，窥浴都是故事引子，比如《圣经》中苏珊娜与士师长老、董永与七仙女，画家们也最喜欢画这种故事。

在仪式之外，洗澡是最私密的事务之一。不过有些人也不这么认为。我念中学时住校，澡堂只有周二、周四两天开放，学校大概是这么想的：周末你们过来时，应该洗干净了吧，那周一就可以不用洗。周二洗一洗，周三就不用洗。周四洗干净，周五晚上不就回家了嘛。但体育课偏偏安排在周三，腋下后腰都是汗，不洗一洗实在难过。几个胆大的女孩，就到宿舍走廊的开水间里，脱光衣服，用洗脸盆接水擦身子。那几人是年级里身段发育得最好的，双乳已经非常发达了，平时就乐于展示身材，追求她们的男孩也最多。前来洗脸漱口的人们无不觉得怪异尴尬，都闷头皱眉，不敢多看，她们倒浑若无事。

在大学的公共浴室里，也有一批身材姣好、肤色白腻的姑娘，洗完了也不着急穿衣服，把脚轮流蹬在长椅上，缓缓往腿上、身上抹润肤乳，再穿上昂贵的蕾丝内衣，有种表演似的骄矜和傲慢。她们经常在辩论会、新年晚会和选修课上抛头露面，是明星人物。其余的人，尤其是身材糟糕的姑娘，急匆匆穿上从家乡带来的、土气的秋衣秋裤，在她们背后偷偷抛去冷眼。

坐浴是乏味的，也并不觉得洁净，在我想象中，污垢只不过受水的诱惑暂时离开身体，其实仍在四周漂游。《美国美人》中，中年男人的性幻想，是飘满玫瑰花瓣的浴缸里躺着一个发育良好的青春期少女。浴缸很难进入国人的生活，从平房搬进楼房，发现卫生间里一只安装好了的巨大瓷缸，主妇们感叹道，这多占地方，多费水啊，洗一次不得两吨水！后来她们都用浴缸泡床单被罩了。放了花瓣的坐浴，华而不实，想象一下，从水中站起，身上沾满花瓣，如果没有仆妇侍女上来帮忙摘掉，自己一个人像捉虱子、扑灰尘一样地掸花瓣，可是很狼狈而且麻烦了。

我和他住在C城时，跟两个考研的女生合租一个单元。三个和尚没水吃，有时买电和换煤气容易疏忽。某一个周末，那两人不在，我们买了豆腐、青菜、火腿等物，用电磁炉烧水涮着吃。

吃到一半，停电了。他坚持要继续吃，遂把锅端到厨房，打燃煤气灶加热，点着蜡烛继续吃。吃完了，他问，还要不要洗澡？煤气怕是剩得不多了。

那个单元房用的是老式燃气热水器。我咬牙道，洗！

遂把蜡烛拿进卫生间，一边洗一边注意别把水星溅过去，浇灭烛火。洗到半截，正在说烛光沐浴倒也浪漫，水忽然变得冰凉，他大叫一声跳开去，关掉了水掣。

煤气真的没有了！其实，若是不用来吃火锅，可能还不至于用光。其时正是冬天，长江以南的单元房没有暖气，我和他浑身泡沫，牙关格格打战，面面相觑。他哆嗦着裹上块毛巾，说，我出去摇一摇罐子——照老经验，如果晃一晃煤气罐，能激发它最后的潜能，运气好的时候，甚至能坚持到炒完一盘空心菜。我双手搂住肩膀，双腿夹紧，慢慢蹲下来，让胸口贴住膝盖，这样尽量削减暴露的表皮面积，静静听着煤气罐在地上摩擦、挪动的滋滋声。他在外面发令，把水打开，看能不能打着火苗？火苗是指热水器里的火。我扳开喷头开关，水带着冷飕飕的寒气喷射下来。火苗还是不着。他把煤气罐放倒，再迅速竖直，又折腾了几遍……仍打不着火，运气不佳。他放弃了，进来，也蹲下抱住自己，一边喘息，一边嘶嘶吸气，吸了一阵，问，怎么办？屋里又冷又静，身上细碎的泡沫堆发出沙沙的声音，逐渐坍塌下陷。两具身体裸露的皮肤上，鸡皮疙瘩一颗一颗又大又清晰，像撒上去的种子，或糕饼上用来点缀的芝麻。

干脆用冷水冲是不行的,本来就有点感冒,冬季的地下水又凉得像刚从冰河里抽上来。

他说,要不就别冲了,直接擦干?

我摇头,去拿屋里的开水瓶吧。

他弓着腰跑回屋里,提来了开水瓶。我接过来,手中一轻。原来热水也只剩小半瓶了!他小声说,怎么也要留三分之一喝,到明早还有十几个小时呢。我点点头,生出弹尽粮绝的感觉。把热水注入盆子,兑上冷水,尽量多兑,温度只不至于使皮肤感到痛苦。他举高盆子,慢慢倾斜,让一线细细水流从我后颈浇下来。温水流过几乎没知觉的皮肤,像是穿着雨衣、戴着手套浸到水中的感觉,温度从一层没生命的皮革外面慢慢透进来。

我还能开玩笑:这种姿势很旖旎呀,像雕塑和油画里的情景,不过塑料水盆要是改成瓦罐,就更有古意了……他斥道,别废话,赶快洗!等我洗完,他弯下腰(因为他个子太高,我没法把水盆举过他肩膀),让我把剩下的温水浇到他身上。

冲净擦干之后,穿上衣服,执着蜡烛,一步一步,慢慢走回里屋去。为什么要慢慢走呢?走快了会带起凉风,犹如雪上加霜。进屋上床,把所有被子都盖上,关上灯,在一片漆黑中紧紧搂抱。

屋里也并没有温暖的源头,床铺、枕头、被单无不又冷又潮。温度大概只有七八度。能指望的,只是年轻的身体自己恢复热量。一开始冷得甚至不想说话,不仅是舌根发硬,而且是只想一心一意地关注身体，全神贯注地等待脂肪燃烧起来，就像渴得要发疯了却必须等待烧开水时，紧盯着火炉上的水壶一样。

须臾，血液稍微流动得快了一些。他开口说的第一句话是，瞧，这就是洗澡的代价！

我不能遏止地笑起来，身子在他怀里笑得一纵一纵的。笑了一阵，觉得更暖了一点。

这阵子，可以挪开神智去感觉一下彼此的身体了。我的身子比他暖得快，应该是因为身为女性，脂肪比重大（据说如果把男人女人同时扔到沙漠或冰原的裂缝中，断食断水，女人能比男人多熬很多天，就因为有宝贵的脂肪）。他仍然冷得像……像具遗体。连皮肤的弹性都像失掉了一些，皮肤下的血液好像也不再鲜红，而变成灰蓝色。然而又感觉到寒意也正从自己的毛孔中散发出去，再从他皮肤上弹回自己这里。

像是很戏剧的一幕，比如一对殉情的情侣，阎罗发善心，打回人间，双双回魂，搂抱着思忖劫后余生的感觉。

我说，你猜我想到什么？韩国有一部恐怖片，讲一对相爱的男女，两个人私奔后，在风雪交加中拥抱着冻死，临死前相约来世一定要做夫妻……

他说，讲点温馨可爱的嘛。

那么，《泰坦尼克号》最后那一幕，冻僵的萝丝抱着冻僵的杰克？

还是悲剧，喜悦一点的故事有没有？

好吧……安徒生的童话里有一篇《冰雪女王》，主角是两个小孩子，女孩叫小小的格尔达，男孩叫小小的加伊，他们自幼相爱，然而邪恶的冰雪女王把加伊诱拐走了，去了很远很远的拉普兰，格尔达独自去找他，途经魔法老太太的花园、公主与驸马的王宫，以及强盗们的贼窝，到达冰雪女王的宫殿。当她找到他的时候，他冻得浑身发青，玩着冰块，变得冷漠可怕。格尔达抱着他，滚烫的眼泪滴到他胸口，他心里的冰雪被化掉了，眼泪冲掉了眼中魔镜的碎片，他就认出她来了……

他笑道，这个故事好。怪不得我还没暖和过来，那是因为你还没把眼泪滴在我身上。

我继续道，那个童话里说，当那两个人因疲乏而躺下来的时候，形成了"永恒"那个词的图案，一旦拼出这个图案，就能得到整个世界——咱们现在就正像他们一样躺着呢！

那一回洗澡之狼狈跌宕，以后没再遇到过，因此印象很深。后来出去玩，住旅店，总是选择共用洗澡间的便宜旅店。遇到的问题也多种多样，比如洗澡间的门锁坏掉，需要到楼道里找一把扫帚，斜斜顶住。但他仍不放心，害怕某位不知情又力气奇大的仁兄"嗵"地把门推开，于是走廊里每次响起逐渐靠近的脚步声，都如临大敌，要我躲到门后，他则双掌按在门上，像武林高手即将发功一样，防备可能到来的"嗵"，幸好我们住在那里的几天，那个可怕的"嗵"始终没发生。还有一个最名不副实的洗澡间，是根本没有任何洗澡的设备，只有一个铁桶，需要到走廊另一边的锅炉去打热水。洗到半截，我不小心踢翻了铁桶。他不得不穿起衣服出去打水，再回来脱掉衣服继续洗。还有一个旅店的洗澡间，室中墙壁光滑空荡，一个挂钩、架子、板凳都没有，换洗的衣服抱着转了几圈，发现无处安置，得要去找塑料袋，把衣服装进去，扎紧袋口……

每次解决完这些问题，都不禁会想，其他那些进来洗澡的人，都是怎么办的呢？

无数次洗澡，只有一件事确定不变，那就是一定要两个人一起洗。（我偶然发现有的夫妻竟然并不一起洗澡，他们是怎么搞的？）

——我一定得瞧着你，我得目睹这件事，一回又一回。

他披着水的袍子，蒸汽像仙境的雾一样散发出来。没有比这更美的衣服，天衣无缝——大卫王就是因为看到拔示芭穿了这种衣裙，不惜下手害死乌利亚。

有时我隔着这层簌簌作响的布料，长久地搂住他。我听到坚定的心跳声，像稳定工作的机器（一只鲸一分钟心跳只有九下，他们永远泡着盐水浴恋爱吃饭交媾分娩）。肉体的温度和水的温度合在一起。更多的水伸出无数长须，像要推开我，但最终是把我和他一起抱在怀中。

像躺在一条站着的溪流里,像披覆暖洋洋的森林,或是让皮肤饮用液体的夏天。水热得像流动的火,要把他浇注成别的什么样子,他也像要跟着水一起流淌起来。

在一片海中,我跟他面对面站在海水里。我弯下腰,双手并成碗状,掬起水来,一捧一捧浇在他身上。从他的胫骨向上,手掌逐一抹过膝盖、大腿、腰肢、小腹、胸口、脖颈。最后手按在他心口,说,这是咱们两个人的洗礼,是我跟你的入教洗礼。从此之后,我就是你的信徒,你也是我的信徒。我的灵魂与肉体,肌肤肺腑,全部献给你。

海风骀荡,如同绸缎,与海水一起包裹身子,嘴唇上渗进一点点咸味。因两人都最大程度地接近清洁,可以做任何神祇引导和允许的事情。往昔种种,被他的双手洗濯一净,未来种种,俱在此人双眸之中胸膛之上,是被神光照彻的坦荡通途,自现今直至无穷。

然后,以大地为浴缸,以海水为洗澡水,以海盐为浴盐,痛快淋漓地洗了一次澡。

争执与分歧

这是某年某月某日的日记,记一次争吵:

买了下午的车票要回天津,说是归宁,却心绪不宁。十一点半时候争执起来,僵着脸去厨房烧饭。忘记他跟过来说了什么,我一气之下,手里的菜刀高高挥起,"咚"地剁在砧板上。

那一声真响得惊心。我不必抬头也知道,他真生气了。

他只是低声说了一句:"用得着这样吗?"

然后,就轻轻走出厨房去了。

两腿好像变成了棉花,我将刀尖搁在砧板上,借力稳住身子。方才供我发泄的地方多了一道深痕。其实怒气已经消散了。剩下的问题只是如何将他哄转来——就像从前那几回一样。一霎时心口涌上疲倦,不过也只是一霎。刚才为什么要争论?那个诱因忽然已经不重要。重要的是怎么挨过哄他的难关。

我深深地叹气,抡起菜刀继续切菜,只觉得浑身软绵绵的没半点力气,恍惚得厉害,刀刃去认菜有点失准。可别一走神切掉几根指头——我拼命提醒自己。同时又竖起耳朵听内屋动静:他又从卧室出来了,履声进了卫生间,"哗",水柱冲进塑胶桶的声音——他去洗衣服了。

这样当然并不表示不生气。他发怒时脸上半点也看不出,极平静的面容,嘴角还微微抿住似在微笑。

过一会儿第一句话该怎么说?说"我有点失控你原谅我好么",不行,他肯定是淡淡"嗯"一声,继续沉默。说"我跟你道歉,你不要不理我",估计也不管用,一句话可医不好他;要不就豁出去,说"还爱我吗?爱我就别生气"……不停往外叹气,不停翻炒锅里的菜,机械地舀起盐粉撒下去。这种心情炒出菜是什么味道?就算炒出龙肉的味道,谁又能吃得下?

他吃得下。我极力模仿平时的腔调喊他"吃饭",他居然浑若无事般进来端碗碟。然后进入井然有序、一言不发的午饭时段。他还打开电视看午间新闻,还居然好像看得很专注。

新闻播报员兴致勃勃地念稿:××市今天发生一起车祸,造成一人死亡。

筷子沉默起落,两人噤若寒蝉。

——谁言荼苦？其甘如荠。

——彼狡童兮，不与我言兮，维子之故，使我不能餐兮。

我问，菜还行么，咸淡？

他淡淡道，嗯，挺好的。

根本没看我。

我气馁，不再搭话。

心里不断地向自己吼叫：难道你不爱他吗？难道你不曾坐几百个小时的闷热硬座火车只为见到他？

犹豫间午饭告罄。收拾了饭桌。他如常把薄被抖开，两人躺下。

齐齐仰面朝天。这是可攻可守的姿势——可以转过身把冷淡的脊背留给对方，也可以侧身一吻。

我偏过脸看他。他曲臂枕在脑后，睁着眼睛。

他的呼吸就在耳边。忽然心里一酸。算了，我这是干什么？人生是多么短暂，我竟然又浪费了六十分钟的温存时光。

往下看去，四条腿并排搁着。我挪一挪挨近他的那只脚，足趾碰着他小腿，轻轻蹭蹭。

他的腿一闪。

我立刻翻身过去，整个人大字形压到他身上。

他哎哟着笑出声来——终于笑出声来：快下来！

我把脸埋在他心口，做章鱼状张开四肢抱住他身子，闷声说，不下来！——危机过去了。

风波既平，惊魂方定。我说，别生气。对不起。

他说，嗯，好啦。又轻声道，我知道你下午要走，所以心情不好，是不是？我不说话，藏起惭愧的脸——他总是愿意给我找理由，其实也许是，也许不是。

"争执"的情景，只记录过这一次。

在与你发生争执的时候，我总会想起利安得与赫萝的故事。

达达尼尔海峡，希腊人称作赫拉斯滂海峡，此处有一个著名悲剧传说。爱神阿佛洛狄忒的女祭司赫萝住在海峡西岸的塞斯托斯，与对岸阿拜多斯城的美少年利安得相爱，每天夜里，赫萝在高塔上点燃火炬，利安得依靠其指引游过海峡，与赫萝幽会，某夜风雨大作，火炬熄灭，利安得在海中迷失方向，溺水而死。翌日尸身被冲到滩上，赫萝抚尸大恸，亦蹈海自尽。

小时我听到这故事，总觉得不真——那时对海峡的印象来自于台湾海峡，人以血肉之躯怎么可能游得过海峡？再说，火炬熄灭了，难道不能再点起来吗？既然是风雨之夜，赫萝难道不懂得格外注意保护火光？为什么不多点几个火把，或者干脆点起大堆篝火？又或者是她打了个盹儿，根本没知觉到火已经灭了，因此后来跳海，也是因为自己害死了爱人，悔疚交加。

后来得知达达尼尔海峡是很窄的，极狭处仅有1.2公里，一千两百米，只不过是高中男生长跑考试的长度。两岸可遥遥相望。

于是更认为故事不合理，难道岸上村庄没有一点灯火？所有的窗户，都恰巧在那少年迷失的时候黑掉了？

1811年5月3日，拜伦爵士到达达达尼尔海峡，雄心大起，跳进海里把利安得的老路游了一趟，成绩为一小时零十分钟，上岸后吟诗一首，以记其事：《从塞斯托斯游到阿拜多斯之后作》（*Written After Swimming from Sestos to Abydos*）。

我和你，距离彼此的真相，彼此的心，有多远呢？就像隔着宽阔的海峡。就算风平浪静的日子，也得要你点起火炬照路，我才能泅过误解和迷惑的海峡，劈波斩浪，湿淋淋地上岸跟你会合。

暴风大作，你的火炬熄灭了。而你装作没发现，一言不发。这就是你表示愤怒的方式。纪伯伦说：你想了解女人，就在她微笑时察看她的嘴角，你想了解男人，就在他动怒时去看他的眼白。照他的说法，你其实是个标准的绅士。你生怕自己口吐恶言，于是双唇紧闭。

可这种"不作为"仍是多么残酷。眼前漆黑一片，我一次次感到自己将要溺毙海中，死于你的沉默和视而不见。

沉默本身并不坏，对于不够亲近的两人，一个人的沉默容不下另一个人的沉默。对足够亲近的两人，沉默是一片可以容纳下千万句话的海洋，比缱绻更缱绻。可是有时沉默像一群危险的豪猪，它们把我包围，逐渐逼近，我即将要被扎得千孔百洞，像一片乳酪，一块烤麸。

或者，像是爬山。

好几年前，一伙人裹挟我去爬山。很著名的山，需要走一整夜，赶在凌晨四点之前到达山顶，才能达成看日出的目标。爬山路上还有别的几伙人，但没有人说话。没有灯，我看不到自己的手脚。黑暗和黑暗是不同的，漆黑的天，远处的山峦，山上的树丛，都浓淡不一地黑着，墨分五色。唯一能确切感觉到的，是人们一次又一次地拐弯。还有远远近近的喘息。那一夜真长，路也真长，长得像睡得过久、醒不过来的梦，像是幻觉中的梦游。到了后半夜，我不得不低声央求离得最近的一个陌生男孩拽我一把，他不出声地攥住我的一根手指。两个小时之后，我到达了山顶……然后呢？并没有日出，等来的是乌云密布的阴天。

每次争执到不得不停下来，我就像回到了那条黑暗的山路上。

整个屋子忽然变成一片整齐的废墟，丑陋得刺眼，家具不知所措地呆滞，不平整的床单像皱巴巴的脸皮，书架头重脚轻，简直要翻倒，马克杯指甲油便签纸眼镜盒咖啡罐茶叶筒，没有一件东西不显得面带嘲笑，书桌格外杂乱，地上的尘土特别显眼……它成了亟待龙卷风吹走的破烂货。

我猜不出，发生争执时我在你眼里变成什么样子？肯定像个可怕的泼妇。脸色青灰，嘴角下垂，眼眶泛红，嘴唇发白。我觉得羞愧，因为自己丑陋，蠢笨。我无法把自己弄出泥泞，就像没法拉着头发双脚悬空。我希望我也能像堪萨斯的多萝西一样，跟房子一起消失,到奥兹国去。

布尔加科夫《大师与玛格丽特》:"在最沮丧的时候,我想与你一样沉默,这样我就到了离你最近的距离,仿佛镜子里映照出了你,但那正是我自己,我们穿同一个身体。"

还有一种争吵的原因,是当坏事发生,下意识想让对方承担更多责任,好让自己好受一点。这是不对的,可总也免不了发生。就像吹多了冷风,总有一回会感冒。

又常有一种想要伤害自己的冲动,据说这是寻找控制力的表现,当事情失控,精神力量虚弱的人会急于做出能够体现力量的行为,而唯一归他们控制的只有自己的身体。

(在某一次争吵之后,我冲向厨房,把一盘冷掉的硬面条全部吞下去,过了一个小时,又把它们呕吐出来,然后开始发烧。那是最严重的一回。后来我跟他保证,生气的时候不乱吃东西。)

我哭了又哭。我总是忍不住要流眼泪,眼前仿佛是坏掉的电视机屏幕,不时跳动着杂乱的线条和雪花。这不是示弱,不是求饶,只是觉得失望,对自己失望……

我使劲攥着手指,迫切想要把手递到他手中,让他拉着我远远离开这里,到阳光下去,到清冽的风呼呼吹过的地方去。如果能及时找到一枝足够香的花,是不是就能渐渐心平气和?

在一切可怕的事情结束之后,恩爱如昔,秩序会恢复。可情人们在第一次争吵后会默默知道，原来可以变成那样。湖泊里有莲花，也有鳄鱼。绸缪的日子，没法想象这张嘴会说出不加蜜糖的话。金刚怒目之时，一切陌生的东西忽然都涌上来。

此际最容易生出种种幻灭感。"……你的沙制的绳索……"博尔赫斯的书里有这么一句。让人们自以为被捆绑得亲密无间的，也就是沙制的绳索。

不过即使在哭得最厉害的时候，我也知道：This too shall pass。所有的都会过去。现在，我企图想起争执的理由。几乎都不记得。只记得迷了路，而不记得迷到哪里去了。

以前的文章小说写恩爱夫妻有句套话，叫"从来没红过脸"。我觉得这标准也太低了。母亲有个女友，时而在傍晚时候过来闲叙，看着母亲和父亲进进出出做饭，收拾屋子，在合作中交流、商议、拌嘴。某天她说，真羡慕你们俩，一天到晚不停地说，总有话说，我和我先生一进屋就没话说了，吵架都吵不起来。

鹰有时飞得比鸡还低，但鸡永远飞不了鹰那么高。重要的不是分歧，而是解决分歧的方法。

某次争执中间，我突然插了一句：你还爱我，我也爱你，对不对？

他一怔，说，当然。

我：可是矛盾还得解决，对不对？

当然……

后来，我在家居商店里买了一个埃菲尔铁塔形的小夹子，铁塔顶端可以夹住一张便签纸。用一片纸抄了这几句：鸣筝金粟柱，素手玉房前。欲得周郎顾，时时误拂弦。

让铁塔尖夹住，陈列在书桌上，表示心意。可惜，他还是没法明白，得要我给他解释：其实我知道正确的曲调，但我时时走调，故意把音符弹错了，那是因为希望得到周郎驻足。我也知道琴瑟和谐的法则，但我偶尔走调，说了错误的话，做了错误的事，只是因为希望得到你的关注和爱护。

爱 的 数 学

1. 幂

中午跟他在学校食堂吃饭时，两人喝一罐汽水。

从认识到现在，每次喝汽水/茶/咖啡快喝完的时候，倒数第二个人都会留下一点，然后说：呐，剩下是给你的。喝汽水的时候，我留下浅浅一口，然后埋头吃饭，过一会儿发现，那一口被他喝过，又剩下了一半……我开始笑。他看我，眨眼表示发问。我说：你知不知道有个每次二分之一就等于无穷的理论？他明白了，也开始哈哈笑。我继续说：如果每次都喝二分之一，理论上来说，咱们就永远喝不完这罐汽水了！

《庄子·天下篇》：一尺之棰，日取其半，万世不竭。

还有个理论叫"芝诺悖论"。古希腊数学家芝诺说：一个人从A点走到B点，要先走完路程的1/2，再走完剩下总路程的1/2，再走完剩下的1/2……如此循环，永不能到终点。也就是说，某人站在桥上，他的爱人站在桥头。他距离桥头的爱人有二十米。如果他第一次走十米，第二次走五米，第三次走二点五米……则这个倒霉蛋永远无法摸到爱人的玉手啦。

晚上再喝茶，将要喝完的时候，他举盏，端视，正色问道，这一次，我要喝二分之一的几次幂呢？

2. 公式

定情纪念日，仍不得不写稿到12点半。轮到想想"纪念日"这回事的时候，纪念日已经过去了。

此前幻想的种种方式皆成虚妄，没有烛光曼舞，没有纪念自拍。携手登榻，不得不在他耳边猛说情话作为补偿：

从过去到现在，再到七十年之后，我对你的爱，只会多不会少，只会加不会减，只会升不会降，只会涨不会跌，只会乘不会除，只会平方不会开方……

自以为深情款款有如蜂蜜调牛奶，外加壮阔排比句式，必将如滇池之水涤荡彼之心灵。

孰知谛听者别有考量，竟然不为所动：只会加，不会减？要是加了负数呢？只会乘，不会除？那也要看是乘以小于1的数目，还是大于1的数目，如果是乘以0.5，那还是变少了呀！

工科生的思维杀死浪漫!

这句话,简直就是浪漫加负数。

在他的指导下,不得不推出情话2.0缜密版:我对你的爱,只会加大于1的数字不会加小于0的数字,只会乘以大于1的数字不会乘以小于1的数字……

咫尺天涯调

　　两人在一起后，由自己的颐指气使和对方的做小伏低，很容易产生这样的错觉：这个男人全须全尾、由顶至踵、从灵到肉、完完整整——是我的了！想远观亦可，想亵玩亦可；可以恣意拨乱他头发，捏扁他的脸颊。想要看他的腹肌，便可以随时命他除了衣衫，绷起八块来给我观赏摩挲。

　　自家男人与别家男人的区别，不正在于此么？

　　然而一直忘了一件事：此人不是天产石猴，不是从石头缝里蹦出来的。

　　等到跟他回到家中，并不老的二老迎出来，一直以为是自己手心里的人儿扑上去，嗓子里唤出一种从未听过的腔调："爸！妈！"方才猛省：这才是真正的主人出现了呢。

　　保持美好微笑的同时，冷眼注目那挽着他手臂的女人，暗叹：好！暂时算是我失势了。

在薛家，总觉得不适。独在异乡为异客，自然不会舒服到哪儿去，就算主人热情如火，口口声声"就当自己家一样"，客人总还是要自矜自持，不能坏了礼数，不能像在娘家时整个下午看小说，把双足高高架到书桌上，或是随时跑到厨房开冰箱找食物——坏了我自己的名声事小，坏了家声，坏了薛的知人之明就不好了。

整日被带出去见大堆亲戚，沉默呆坐（人家唠家常我也全听不懂，人家看的电视节目我也不喜欢），只保持某一弧度的微笑——连坐都不敢恣意地歪斜，务必腰背挺直，两腿交叠。那种与面前的集体貌合神离的感觉，难以言说。

薛不能理解我的煎熬。其实我最怕没事做，怕闲磕牙，怕浪费时间，也不喜欢喧闹的环境。呆坐不动，于我无异刑罚。

这宅子里的热闹，与我有什么相干呢？我只是个外人。唯一跟我有关的只有那一个男人，他是我在这深海海底的一只氧气瓶。我需要时时瞧着他，听见他，才能有继续坚持下去的勇气。

可他也已经不是我的。

他是这一满屋子人的儿子，侄子，外甥，孙子，大哥。

尤其是：他是属于他母亲的。

在未来婆婆家难受的事，还有一项：不能在他爸妈面前做丝毫的身体接触——活色生香的人儿，却看得见摸不着，摸得着也吃不进口。

恨填胸臆，不由做小曲儿一支，野调无腔，叶韵而已，然亦合风人之旨，所谓"有悲愤郁于中，发而为歌诗"也。

名为：《咫尺相思调》

  傻俊角，俏冤家，
  这一遭熬煎难描画。
  那笑吟吟分明两狱卒，
  休错认作爹和妈！
  道是别离苦，
  倒也腿儿厮碰，话儿频搭；
  道是相见欢，
  却又诉不得私情，挨不上指爪。
  想当初屋小如芥，春深似海，
  叹如今坐近咫尺，远胜天涯！

  这接手时是饭共茶，
  待入口时是泥和沙。
  万般言语胸中哽，
  一把蜜糖鼻尖搽。
  眼波暗递温柔意，
  逗起一腔春情难打发。

（哎呀呀，我的郎君呀！）

好一似双文君瑞两厢坐，
中央端正是崔妈妈。
（呵呀！待哪搭儿寻个红娘姐也罢！）
又一似赛太岁空对牢金圣宫，
干吞涎沾不上一丝儿头发。
（呵呀！恨不得一碗水将你活咽下！）
罢！罢！罢！
对人处笑如花，背地里暗嗟呀，
只苦了乔喜装欢的小奴家！
（哎呀呀！奴委实的心痒难搔，好苦哇！）

挨忍到两牢头出了门，
好比是皇上爷赦天下。
匆忙忙携手儿上了紫檀榻，
急煎煎扯扣儿待说风流话，
却又惊惶惶蓦地虎跳起——
白吃了一吓，
原来是窗外风动丝瓜架。
（薛：可恼哇可恼！我这就去把那叶子拔光了它！
我：郎君且休去，待结束了要紧事再去也不迟啊……）

成婚记

1

十多岁时我认为：出嫁就像出名，一定得趁早；早早出手才证明是好货；好菜赶早市，挨到晚市才卖出去的，就不好自夸"萝卜赛梨"了；而且早点结婚，也能早点迎来银婚金婚，万一晚婚一两年、又早死一两年，金银牌都赶不上拿，岂不白攒了几十年的年头？

与薛同居之后，此念渐消。既得其"实"，也就不在乎虚名。我与他在B城一间50平方米的单元里，租下一个带阳台的、"看得见风景的房间"，大约20平方米，比起在C城住的8平方米斗室，可谓鸟枪换炮。城堡位于六层楼上，家具只有床、书桌、衣柜三件，都是房东的，再买一个用木条拼接的书架，屋子就盛满了。珍贵财产计有：八成新的自行车两辆，蒸汽咖啡机一台，手摇咖啡磨一个，批发市场淘来的玻璃茶壶一只，高仿A货Monster耳机两副，钢琴图案小地毯一块，书若干，电影海报挂画若干。

我很满足，非常非常满足。小国寡民，既无什伯之器，亦不用，邻楼相望，电视节目之声相闻，甘吾菜根，美吾布衣，治之极也。床铺舒适，窗户宽大，晨夕都有充足光线。我不需要辽阔疆土。

他说：其实早晚也该买所房子，每个女人不都想要个宽敞的、安定的、属于自己的家？

我说：有你在，住旅馆我也当作是家。再说，就算房子比现在大十倍，你觉得我跟你会比现在更快乐吗？

他想一想，点头，不过仍说：如果将来有能力，买个小房子当储蓄等升值也可以。

买房子并非当务之急。毕业后第二年，我所讨厌的婚礼是躲不过去了。

梁实秋这样写婚礼："新娘是不吃东西的，象征性的进食亦偶尔一见。她不久就要离座，到后台去换行头，忽而红妆，遍体锦绣，忽而绿袄，浑身亮片，足折腾一气，一鼓作气，再而衰，三而竭，换上三套衣服之后来源竭矣。客人忙着吃喝，难得有人肯停下箸子瞥她一眼。那几套衣服恐怕此生此世永远不会再见天日。时装展览之后，新娘新郎又忙着逐桌敬酒，酒壶里也许装的是茶，没有人问，绕场一匝，虚应故事。可是这时节，客人有机会仔细瞻仰新人的风采，新娘的脸上敷了多厚的一层粉，眼窝涂得是否像是黑煤球，大家心里有数了。"

现时婚礼比梁先生那时，又不知复杂了多少。我也曾披挂起来随母亲去观礼。婚庆公司们使着劲让典礼往春晚上靠，有始终激动亢奋的主持人，有丢火棒、变魔术等综艺表演，有现场乐队，有玻璃砖铺成的"星光大道"；灯光一暗，交响乐震天，餐厅的木门訇然中开，新娘遍体傅粉、长裙曳地，徐徐走来，踌躇满志地高唱"我能想到最浪漫的事"，一束雪亮追光忠心耿耿罩住她，兼之一胖一丑两伴娘鞍前马后，格外衬得人面如花。主持人激昂呼唤："面对这样美丽的女子、携手一生的爱人！新郎你在哪里！还不上前跪地求婚！"待新郎与新娘携手登台，主持人继续激昂诵念："据擅观天象的权威人士说，此时此刻正是成婚的黄道吉日，今天，我们无比英俊的×先生和美丽迷人的×小姐怀着两颗挚爱的心，终于走上了这庄严神圣的殿堂！这正是，才子配佳人，织女配牛郎，花好月圆，地久天长！"

此际，无比英俊的新郎在台上笑得兔齿从厚唇呲出不自知，美丽迷人的×小姐志得意满地环顾宾客，蒜头鼻和高颧骨从厚厚粉底下透出绯红。

贺客们上下打量新娘子，兴奋地品咂这个滋味鲜美的话题："这闺女扮上了，还真有点像范冰冰！唱得也不错。""眉眼跟她三姨一样。""她三姨是哪个？""就是老李家开寿衣店的三姑娘，嫁了河南人那个。"未婚女士们低声讨论妆容："后背上粉没抹匀，跟前胸不一个色儿。""刚一撩裙子，看那高跟鞋怕不有五寸！"

这样的众目睽睽，看客如我真替新娘难受。想到自己未来也要这么盛装示众，头皮一道一道发麻。做记者的原不怕抛头露脸，但这种半傀儡、半杂耍似的典礼真是劫难一桩。

而且对我和他来说，成婚仪式早就在心里办过，实在没必要劳民伤财。

我的父母没有任何要求，并不觉得明珠暗投、本该卖得出更高的价钱。相反，准泰山泰水爱煞佳婿，深深庆幸得半子如是。因我在南方读书七年，父亲怕我招回矮个儿男人，又怕我错爱文弱书生。如今娇客高大英武、黝黑健硕，读到工科硕士，在设计院做工程师，他简直满意得一见就笑，恨不得"半子"变成"整个子"；母亲说：看第一张你和小薛的合照，就知道他有多爱你，那手把你搂进怀里，搂得真紧。所以后我就放心了，没钱没房子都没关系，有什么比得上两人感情好？你喜欢旅行结婚，那就出去玩一趟。咱家亲戚少，等你回来，我做一桌饭，请几位真心爱你、替你高兴的亲人来吃一顿就成了。

我听说过很多人家，拿闺女出嫁当作一桩大买卖，一定要趁手中货物紧俏捞够捞足，因而婚前做张做致，娘老子陪女儿一起百般挑剔，房子要两室一厅，戒指要完美4C。新妇如此多娇，婆家为势所迫不得不顺从，但暗自记恨在心，等过了门怕不立刻一双小鞋伺候？

映衬来看，母亲真是不一般的通透人。庸常生活中，凡人难得遇上一展境界手腕的机会，婚丧嫁娶绝对是检验品格的大考试。我说：有你这样的妈，真让闺女自豪。

可惜我和母亲这一切从简的算盘打不响。薛家父母那边，是一定要操办的。他的父母多年来在别家婚礼上"随礼"送出的钱，密密麻麻记了一本账，总有数万之巨，全靠独子这次婚礼回本；而曾受了他们礼钱的夫妇们，自也都各造账目一册，等待在薛家公子大婚之日还礼。若没有婚礼，城中上百中年夫妇都会大惊失色、茫然失措。也就是说，我和薛办不办婚礼，将影响到小城几百人的心情。

——作为一个有社会角色的人，永远无法独立于人世之外，这是生命的任务。

2

我与薛君自诩眷侣天成、陆地神仙，没料到婚礼这桩事引起的口角，超过数年总和。平素温存有加的薛君，头一次站到我的对面。

第一种争执原因是这样：最初，我还妄图把结婚典礼取消，拿嫁妆到日内瓦湖或安大略湖去逛一圈。

他冷酷地说：结婚这回事不是你一个人的事。

我：我什么都不要也不行？

薛：你不是小孩子了，你打算什么时候长大？有很多责任，是你要担负起来的。必须办，没商量。

另一个争执由头是高跟鞋。我跟他身高差33cm，但我并不热衷于减少差距。头半年他还勤于声称希望我穿高跟鞋，每次我都佯怒不睬，他逐渐不再提起，但成婚前夕，旧事重演。

薛：典礼上，你穿高一点的高跟鞋，别人看了才觉得协调。

我（理直气壮地）：结婚是我跟你的事，他们觉得协调不协调跟我有什么关系？他们觉得不协调，婚姻就不幸福了？我是他们花钱买票来看的动物吗？我要穿帆布鞋！

薛：……你必须穿高跟鞋，没商量。

最厉害的争执针对的是"闹新人"——他的家乡仍保持这样的风俗：典礼后新郎新娘要接受、忍耐好友与同学的"玩弄"，无论是令你在地上做犬式爬行，还是表演舌吻吃糖，都不能恼，恼了，就是不给贵客面子，就是"不识耍"，会遭人唾弃、颜面无存。

此实是古代"闹洞房"之遗风。我无数次为此与他争辩：你一定要把这个环节取消，结婚不是要猴，我不是千里迢迢去让人玩弄的。

薛：你忍忍吧，这个不能取消。在我们那里，哪家结婚没有人来闹，别人会觉得这婚礼办得不成功。人家来"玩"你是为了让场面热闹，这是好朋友来帮忙才这样的。

我：如果真是好朋友，就该体恤你、不让你出丑；若是玩弄你、让你出丑，这样的朋友不要也罢。

薛：……你必须忍着，没商量。

前几种模式循环上演之后，他会抛出例行哀叹：为什么别的姑娘结婚都高高兴兴的，唯有你这么别扭？

我（怒）：我不是别人。你要娶的就是这一个，the special one。

读书人多半雄辩，我自幼口才便好，一跟他讲起理来，二目圆睁，精神抖擞，就像拳击手不断原地小步跳动，等待出拳、等待拆招。可惜他绝大部分时候会选择三缄其口。看着他面无表情的模样，我真恨不得擂去一拳：来，来跟我吵啊！快！

他通常只说一句——第一句也是最后一句："我没什么可说的。"这让我感觉一拳打到棉花上，七窍生烟。怎会没有可说的？你的道理呢？你的招数呢？摆出来让我一一抨击啊。

我平时不是这样刁蛮的人，但这一次不知道怎么了。

薛家父母订好了酒店，吉日乃在深秋。

他的母亲在千里之外的家中热火朝天地写请柬、定菜式、买烟酒，每天以短信和电话向爱子通告进展。对薛妈妈来说，儿子离家多年过着遥不可及的生活，难得有这婚礼一事，让母子再次有了共同语言。

他与母亲绵绵通话之时，我往往正在一边看书或写东西。

挂断电话后他会轻轻说道：这些事情，妈妈替咱们操持，很不容易，你应当多主动给她打电话，多关心。

我本想使坏说"自古以来娶妇都是男方父母的责任"，但还是憋回了这句讨打的话，道：好的，知道了。

然而跟薛君的父母在电话中说话的时候，我永远很紧张，不知该怎么提出话题，有时需要薛在一边"提词儿"：他在纸上疾书"问问咱爸打篮球怎样""问咱妈买的按摩器材"，一个孔明一个赵云，我依计问道："爸，您最近还早起打篮球吗？"

他们是很好的爸妈。薛母代我买高跟鞋，用手机拍了好几款红鞋子发彩信给我，再打电话过来，亲切地叫着我的名，问"喜欢哪个"，我道：您挑的都很好看，随便哪一个都可以……不管问题是婚纱还是项链，我总是柔声说"随便哪个都可以"。后来未来婆母悄悄问其爱子：她为什么总说随便，是不是都不喜欢？薛君对母亲解释说：不是，她是真的无所谓，您以后不用问她，替她做主就可以啦。

后来他转述这段话时，我有点惊喜——最近几个月两人只要一聊到"婚礼"总会有点惯性似的不悦。就在那天夜里，薛君对我说：你一直觉得我不理解你。其实，我怎会不理解你？我也不喜欢这些仪式——没人会喜欢。但这是尽孝道的一种。父母不求跪哺，只要我跟你回家结婚即可。你就顺了父母的意思又能如何？你以为所有事情都得按照自己的想法来办吗？受点委屈，有利于你心智成熟。

我无言以对,立觉自己几个月都是无理取闹,良久方讷讷道:"我也不过是跟你抱怨几句,你知道不管我怎么不喜欢,都会很顺从地把这件事完成好,让大家满意。"

他说:"你就不能享受这件事吗?"

我想了好一会儿,叹一口气说:"……真的不能。"

3

时间越来越迫近,他的父母交给我和薛的任务只有一个:拍婚纱照,酒店那边要制作大幅海报和牌子。这可是别人无法代办的。不过,我又忍不住别扭了一下,指着夏天在荷塘边的合影说:"这就很好啊。你看你笑得多自然!"

最后还是妥协了,我的条件是:必须在一天之内了结。周末的一天,他不去加班,我也委屈一下不去图书馆,早晨九点在网上搜索最近的婚纱影楼电话,上出租车时打电话预约。坐到"薇薇新娘"影楼大厅里,一位红旗袍小姐抱着半人高的一摞相册过来,在我们对面沙发坐下,拉开架势,盈盈笑道:"本影楼为贵客提供多种价位的服务……"刚说一句,我伸手虚虚往下按一按,道:"咱们节省时间吧,我们要最便宜、最快的。"

小姐:"美女!结婚可是一辈子只有一次的人生大事!您不想穿着婚纱留下最美丽的瞬间吗?"我嘻嘻一笑,直截了当地说:"不是很想。"

小姐连连眨眼,调整呼吸,目光转向准新郎,意图扳回一城:"先生的意思呢?这个时候可不是省钱的时候,难道您不想看到太太最美丽的样子?"

薛回答得更直接:"她最美丽的样子我见过了。您直接介绍最快的方案吧。"我听得险些笑出声来。小姐的耐心耗尽,脸上笑容像帘子似的撂了下来,几乎能听到"啪嗒"一声。她冷冰冰地道:"好的,尊重您的意愿。"从相册中抽出一本模样最寒酸的,道:"这款拍摄提供三套服装,然后我们陪您乘车到本公司设在怀柔的外景地。"我不得不再次打断她:"我们不去外景地可以吗?"

小姐诧异地看着我:"啊,您主动放弃当然可以,但是,您真的不要去拍外景吗?我们有欧式建筑和向日葵田……"

……礼服陈列室有两间,四面墙站立的模特代替准新娘们披挂着,第一间里的稍脏一些,腋下有开线的地方,裙摆亮片也有脱落,像一篇篇粗劣文章,破绽遮掩不住。我走了一圈,指下一条白裙,一条紫裙,一件旗袍。对面的高级陈列室灯光更通明,灯下的服装确乎更辉煌,薛低声说:"要不要加点钱,给你挑一件好衣服?"我摇头,笑。服务员小妹两人帮我更衣,情景有如《乱世佳人》中斯嘉丽咬牙切齿地穿蓬蓬裙。我利落地把自己剥光,四只冰凉的手伸上来,给胸口贴上遮羞的硅胶,利用搭扣拉力让山丘并肩拥挤起来,显出暂时的沟壑;又把裙子落在地上呈一个圆圈,教我踏进圆心,将冗繁的布料提起来、绷紧。一人问:"你俩还在上学吧?怎么这么着急拍婚纱照结婚?"朝我的小腹瞟一眼。我不知怎样答,只好笑道:"啊,是家里人着急……"

妆罢再见面,我和薛都怔了一秒钟,吃吃笑出声来:我从未浓妆,从未眼睫之上再粘贴一列沉甸甸黑毛,从未把眼皮涂得像彩虹,葡萄嘟噜似的假发挂下来挨着脸颊;他也成了傅粉郎君,平生不曾如此白皙。我往镜子里看,那个皮色惨白、眼周漆黑的面影,五官恍惚见惯,却蒙了一层市场上热卖的画皮,我嫌恶地说:"呀,这丑女人是谁!"他笑道:"不丑,很好看。"

影楼采取半自助式拍摄,三种布景都走个遍,便可交差了事。多位新娘两手提着蓬蓬裙的圆圈铁丝架子,大步走来走去,下面露出牛仔裤运动鞋,新郎与跟妆师尾随其后,有人脑袋上顶着清朝格格的小牌楼,有人打扮成荷兰牧牛女郎。这景象倒真像在电影片场:化妆师道具师灯光师摄影师,各部门俱全,再加制片人和男女主角,联手打造骗观众的西贝货——片场我倒是常去的,这一遭原来是故地重游,想到这我便自在多了。数对准新人在摄影室外坐等,闲聊,经服务员的提醒,大家纷纷叫了麦当劳外卖。我把薯条盒放在巨大的裙摆上蘸酱吃,薛悄声说:"这么多新娘,你最好看。"

我:"谢谢。每人脸上一斤粉,你真看得出好看难看?"

拍摄之时,助手们流水价熟练搬上道具:团扇、鞭炮、桌椅、茶壶、塑料花束……摄影师面无表情地重复台词:"好,老婆抱紧老公的腰;好,老婆给老公捶捶背;好,老公低下头亲老婆的左脸。喂,靓妹笑得自然点儿!他是你真的老公对吧?你不是他抢亲抢来的?哈哈哈。好,老公看着老婆的脑门,左手抱她的腰,不要动,坚持一下……"

数日后,取回照片,寄给两位母亲,两边全家传阅,据说都赞不绝口。而我甚至懒于翻动影楼印制的"至尊豪华水晶超大相册",犯难道:"这么大的废物,扔又不能扔,放又没地方放!"最后它的归宿是在阳台角落里攒尘土。

临近典礼的几天,他母亲说:买一对钻石戒指吧。

我紧急让薛给他妈妈打电话:千万别买戒指,千万千万。她不戴首饰的,而且人又粗心,太容易弄丢……

4

父亲在外地出差走不开,为我送亲的唯有母亲。典礼当日早晨,天色甚好,六点钟,天才浅浅蓝了一层,我便被叫起,换好租来的婚纱和红色高跟鞋,到一间距离较近的小美发厅化妆。一根根钢发夹紧紧咬着鬓角、衔住假发,在我的短头发上砌出层峦叠嶂。我抱定一个主意:只当自己是局外人,因此心态得以平和。酒店大堂果然摆出了大幅立牌,牌上一对硕大头颅依傍着笑，我瞟了一眼便不敢再看。

他家的一群妹妹和婶母始终簇拥着我。我装出被大典唬得有点迷糊的新娘模样，眼神乖顺睖眬，大多数时间盯着地板。典礼开始，音乐轰鸣，该是男女主角亮相之时，我隔着手套死死抓住薛的手，低声道："你一定别踩到我的裙子。"就这么一步一步往前走，这才知道玻璃砖铺成的"星光大道"有多可怕，每一步都有滑倒之虞。

其后过程乏善可陈，激昂亢奋的主持人也与吾乡无二，连抑扬顿挫都相似，好像一个师傅教出来的。我站在台上东张西望，走神得厉害，听到让夫妻对拜就拜，让给父母敬酒就敬，让喝交杯酒就喝。母亲被请上来讲话，我望着她的侧脸，她的眼里凸出一层泪来，她说："我实在很高兴。我终于放心了。"

就在这时候，我才觉得这个典礼还是有些意义的。

换了红旗袍挨桌敬酒之后，贺客退潮一样散去。薛牵着我来到最后一桌，桌上都是年轻人。大家笑道："坐下来吃点东西，准备一会儿上节目。"

我默默夹些残羹吃，薛从各个盘子里搜索还成点样子的菜给我，大厅中渐渐静下来。某人开口道："咱们开始吧。"

我怕了不知多少日夜的一刻，终于到来。漠然看去，桌子四周一张张嬉笑的脸儿，摩拳擦掌。第一个人出的节目最简单：薛横抱着我，单脚独立，两人合吃一个苹果。

第二个节目是这样：我和薛需各衔一根筷子，用筷尖合作夹起一块糖，先把糖从碟子夹到一只易拉罐顶上，再夹到一只酒瓶顶上，布置节目的人说：这个，叫做'步步高'。那一时，我只希望尊客的血压血脂血糖步步高。以牙齿控制筷子谈何容易，完成任务时，已是腮帮子酸麻、口水濒临失禁。

第三：薛被安排站上一只凳子，我被安排爬到他背上让他负着，一个人过来喂我喝一杯菜汤、醋、可乐、茶的混合物，然后让我与薛接吻三次，把那口混合物来回传递三次，每次都要张口接受检查；最后吐回杯子里，液体不许见少。

第四：七八个人面对面坐着，大腿相接排成一排，薛坐在另一端，我需爬过去给他点烟。我甩掉高跟鞋，毫不客气踩上他们大腿，身子左歪右倒地大步往前走，架势好比飞夺泸定桥；走到薛君面前，火速蹲下扳着打火机，火苗照着烟头捅过去，旁边的人正急着吹，烟已经点燃了。

……一桌九个人。最后一位是薛的中学同学杨某，依仗父荫在市里机关做着公务员，早早开上了路虎揽胜，二十几岁的人肚腩高耸，有如五月怀胎。他笑嘻嘻地，像大腕登场似的，走到桌子旁边的空地上来。

这个时候，大厅里其余宾客早就走得一个不剩，只有几位，另几位十七八岁、颧骨红彤彤的女服务员，厮并着在附近坐下来，好奇地注视这边。

杨某先向一对新人看了两眼，两手踌躇满志地搓了一搓，故意笑道:"哎哟,今天我是压轴的啊?"有人起哄:"对!老杨,你压轴可要压好了!"

薛笑道:"你赶紧说吧,要怎么样?"

杨某却先不开口,四下里拖来三张椅子,拼在一起,又从桌上拿了个空碗,放在距离椅子两米远的地方。大家的兴趣都被勾起来,从座位上坐直了身子,连服务员都来了精神,无声地扇动手掌让同伴过来看。

摆好了,杨某扯着薛的手到椅子前面,说:"你跪在上面,跪成小狗的姿势。"

小薛依言跪上去,以膝盖与双手支撑身体。杨某又从桌上拿来一只白馒头,掰下来一块填到小薛口中,"让你叼着,不许吃下去啊!"转到小薛身边,手伸到他胯下,摆个姿势,回头对我说:"看着!照这么办:你的手抓住他那个玩意儿,喊一声'射',就像开枪一样,小薛呢你就把嘴里的馒头吐出去,往眼前的碗里吐……"

他说到这儿,众人异口同声地"哦"了一声,多人嘻嘻怪笑,还有人鼓掌:"老杨!你这招新颖啊!""压轴压得好!"杨某自傲于设计巧妙,当仁不让地微笑,将缺了口的白馍塞给我,回到观众席坐下,说道:"赶紧开始吧。什么时候'射'中了,什么时候算完。反正馒头有的是!"有人狂笑帮腔:"对,馒头用完了,让服务员再上!"

我向观众席苦笑一记,慢慢走到他身边,捏下一球馒头。良人回头望着我,额头上一片密密汗粒。他的身子显得特别长,这样魁伟汉子做出这种狗式跪姿,好生让人疼怜。

这时候,我心里有如惊涛拍岸,卷起的不是雪,是怒气。自然一万个不能恼,然而在众目睽睽之下抓男人的生殖器,这我又如何下得去手?薛的表弟始终在一旁观战,上来解围:"哎呀,不用抓那个地方了吧?改成打屁股行不行?"

杨某尚且不依不饶:"不行,怎么能偷工减料呢?"幸好众人见我脸色尴尬,有人出声调解道:"算了算了,打屁股就打屁股嘛。"

薛再回头:"你开始吧。"一滴汗从他下巴梢落下来。我抬手摸着薛的脊背,他已汗透重衣,衬衫外面的西装都潮了。终于伸手打了一下,但那个字实在说不出口。薛就随着我的动作把馒头块吐了出去,连碗的边沿都没够着。众人狂笑,杨某得意非凡,道:"新郎官的射程太成问题了。新娘子,快装填弹药!"等到我手中的馒头看看用尽,他殷勤从桌上再拿一只给我。

在碗的周围,已经落满了白花花的碎块,像一起碎尸案的现场。薛喘着气低声对我说:"撕大块一点。"还是不顶用。薛不得不向杨某讨饶:"这个碗太小了,换个大点的行不行?"

杨某也觉得任务太难,不好收稍,便拿起一只大号汤碗,泼掉残汁,替换了,薛的弟弟趁机上来用足尖一拨,将碗踢得近了一些。在第三只馒头即将用罄之际,终于有一块险险打中碗沿儿,弹进碗中。

后来薛对我说,大伙知道我是"大城市的姑娘""有文化",还是"研究生",节目已经清淡很多了。

班固在《汉书·地理志》中记载燕地风俗:"嫁娶之夕,男女无别,反以为荣。"闹洞房最早见于汉代仲长统《昌言》:"今嫁娶之会,捶杖以督之戏谑,酒醴以趋之情欲,宣淫佚于广众之中,显阴私于亲族之间,污风诡俗,生淫长奸,莫此之甚,不可不断者也。"与爆竹、门神等习俗的因由一样,民间传说此举可禳灾避邪,"人闹鬼不闹""不闹不发,越闹越发"。热闹与吉利,正乃几千年国人所至爱,因此"戏妇"之传统,像汉字一样传扬至今。如果嫁娶之日,没人去"闹",主家会受村人耻笑,认为这家没人缘。

闹房之招式千变万化,各村有各村的高招,但都与"性"有关。有谚云"洞房三日无大小",不论男女长幼都可入房"看新妇""逗新娘",小叔子们、邻居亲朋均可公然对新妇上下其手。从积极意义上说,闹房乃是一种暧昧的性教育,有打消处子羞涩的功效,而新人被迫做出各种指向明确的亲密动作,亦可打消新妇与新郎的陌生感,为春宵一刻做铺垫——这是群众共同参与的"前戏"。时移世易,如今欲做婚宴佳客、闹房先锋,可到网上搜索下载"闹洞房二十八式",十分便当;若不愿,可像小薛之挚友杨某一般,自创新颖招数,流芳后世。

晚上,我终于可以换上自己的牛仔裙和平跟红履(B城动物园批发市场,三十块一双),坐在母亲身边吃点正经饭。入夜,亲戚们兴尽,扶醉而归,连薛母也回到小屋去睡觉歇息,把"洞房"留给我们。

千金一刻,两人累得坐在床边没力气除掉衣服。哪还有力气春宵,只剩死人似的躺倒。倒下了,耳边好像还回响人群的嗡嗡声。被单枕套都是全新的,大红缎子被绣着"百子图",滑溜溜蹭着皮肤。

我对薛说:我早料到婚礼会很难受,没想到居然是咱们生活里最可怕的记忆。

他笑道:以后日子还久着呢,说不定等你老了、回忆起来,就觉得婚礼很有意思了。

翌日,新妇下厨,洗手调羹,做了一桌菜请亲眷们吃,可惜锅灶操持不惯,好像剑士不得不拿一把陌生的剑比武,结果油倒多了,黄瓜炒蔫了,连最招牌的基围虾也烧得过了火,好在客人宽厚,依然宾主尽欢。

数日后回到B城。走出机场已是夜晚,居然亲热地深深呼吸了一口B城那重度污染颗粒物超标的空气。上楼,开门,钥匙在锁孔里旋转的声音有如仙乐。打开日光灯,驻足四顾,地毯无恙,书架无恙,咖啡机无恙,不由得狼也似的呼啸一声,把身子重重抛在床上。

——这房间很小,没有华服佳肴,不过在这里,我是我自己,不用别人拉一拉线,我们就摆一摆手、点一点头。

薛佯作怨怼地瞧着我:"喂,你回我家是去闯鬼门关了吗?怎么好像历劫归来一样?"

我此际自然不再跟他计较,快活得颠三倒四地说:"郎君啊,你可知道,结婚差点让我没那么爱你了。幸好一辈子只结一次婚,不然我肯定要跟你离婚。"

他在我身边躺下,握着我的手,道:"婚礼录下的视频刻了碟,你要看吗?"

我干脆道:"不看,自己做的蠢事,再翻回头浪费时间看一遍,岂不是蠢的平方?"嗓门也粗壮起来了,颐指气使地说:"你!快去给娘子烧水、泡茶!一会儿下楼请我吃烤肉……"

惊 魂 记

　　大概是凌晨四点，或者，五点。被膀胱叫醒，先闭目检讨睡前那杯水。室内还黑得浓厚。蠕动到床边，拿脚趾划拉拖鞋。然后靠半开半合的视野推门出屋，去卫生间。此是"半寐"的状态。

　　就像夏娃懵懂着，从伊甸园走了出去——我是说，当时我的"穿着"，跟没吃禁果时的夏娃是一式一样的。

　　从前许多夜里，常是一人动转，两人醒来，于是一对亚当夏娃似的，相跟着悄悄走到卫生间去。但这一夜不妙的是，卧房之畔多了一人酣睡：隔壁房间新租客是个四十多岁安徽大姐，丈夫在上海，隔几个月来B城探妻小住。这几天恰逢相会之期，不但我这边雎鸠在洲鱼在水，池上鸳鸯不独宿，她那厢亦是桥边牛女并头眠，夜夜一树马缨花。

　　她丈夫矮个，微秃，疏眉，淡黄骨查脸，除了午晚到厨房给老婆炖排骨烧鲤鱼，总是敛声闭气，好似屋里没这个人——可他偏在不该出现的时节出现了。

……我迷迷蒙蒙地出屋,转弯,跨进客厅,迎面卫生间的门洞开着,却见黑暗里有一个人影,身矮,微秃,衣裤齐整地立在洗手池旁边。

两人正正地打了个照面。

我"呀"的惊呼一声。心里闪过念头竟是:完了,这回跟小薛可没法交代了。

那矮汉子迅速捺下头,一道烟走了。

惊魂未定,想:他肯定听见了,这回可要大大赌一场气!唯有一口咬定是自己心虚,看恐怖片看多了,窗帘被风吹动就吓了一跳。

于是像巡山回来的八戒一样,默诵着谎话,缓缓走回屋中,强作镇定,重上牙床。

枕边人不动,亦不语。

正暗自庆幸,他许是根本没醒,没听见。

猛听得他问,怎么回事?卫生间有人?话音清明得很。

本来就要祭出打好腹稿的诳语,不料话到嘴边,竟自己变成了大实话:

我撞见隔壁的人了。

撞见男的,还是女的?

……男的。

话一落音,立即在心中狠掴自己一耳光,为什么不说是女的！撞见个女人！要跟他说谎有这么难吗！

他长长地自鼻中吐出一口气，翻个身，从此寂然。

我忐忑了一阵，也就虫飞薨薨，与子同梦。

早起的时候，却知道还是不对。他只蜻蜓点水地亲吻一下就走。只吻脑门。也没像往常反复呼喊小名，也没五步一徘徊，表达不舍之意。

一整天闷闷不乐。我生性怠懒，不知是哪辈祖先遗传来的豪爽，常不拉窗帘就大喇喇换衫，又光着腿走到客厅翻冰箱找雪糕。他最恨这个。母亲也叮嘱过。我还真是顽劣难改，不可雕也！

白天看书，一下看到一则"大毛人攫女"（《子不语》），讲妇女赤裸便溺，招致兽奸祸事：

> 西北妇女小便，多不用溺器。陕西咸宁县乡间有赵氏妇，年二十余，洁白有姿，盛夏月夜，裸而野溺，久不返。其夫闻墙瓦飒拉声，疑而出视，见妇赤身爬据墙上，两脚在墙外，两手悬墙内，急而持之。妇不能声，启其口，出泥数块，始能言，曰："我出户溺，方解裤，见墙外有一大毛人，目光闪闪，以手招我。我急走，毛人自墙外伸巨手提我髻至墙头，以泥塞我口，将拖出墙。我两手据墙挣住，今力竭矣，幸速相救。"赵探头外视，果有大毛人，似猴非猴，

蹲墙下，双手持妇脚不放。赵抱妇身与之夺，力不胜，及大呼村邻。邻远，无应者。急入室取刀，拟断毛人手救妇。刀至，而妇已被毛人拉出墙矣。赵开户追之，众邻齐至。毛人挟妇去，走如风，妇呼救声尤惨。追二十余里，卒不能及。明早，随巨迹而往，见妇死大树间：四肢皆巨藤穿缚，唇吻有巨齿啮痕，阴处溃裂，骨皆见。血裹白精，渍地斗余。合村大痛，鸣于官。官亦泪下，厚为殡殓，召猎户擒毛人，卒不得。

又想起李渔有一回《夏宜楼》，盛夏时众女脱个精光到莲花池中戏水，人面莲花相映红，最合心意。想到这处，不免翻出李老儿佳制，温习一番。悚然发现，当年无心不求甚解，竟错过老李之曲终奏雅：

> 做妇人的，不但有人之处露不得身体，就是空房冷室之中，邃阁幽居之内，那袒裼裸裎四个字，也断然是用不着的，古语云慢藏诲盗，冶容诲淫，露了面容，还可以完名全节，露了身体，就保不住玉洁冰清，终究要被人玷污也……

为之汗下。

暗忖，这不会是已犯下七出之条了？（蒋兴哥对犯了错的三巧，装作没事人一样就把她休了……）赶紧去查，妇人之七宗罪者，何也？曰：淫，妒，窃（藏私房），恶疾，多言（李翠莲），无子，不顺父母。并无"不穿衣服"。

到晚上，用心铺排一桌佳肴美点，作为负荆请罪的意思。这佳肴中有亲手烤成的番茄虾仁披萨（重重地落了双层芝士），又有高汤烧制的上汤娃娃菜，可谓中西合璧，土洋联姻，便铁石人吃上一口，也不由他不心软。

菜过三味，良人面色稍霁。

我这才委委婉婉地问道：昨天夜里，生气啦？

他斜睨一眼，哼了一声。

心道，来了来了，大振夫纲就在今朝，罢罢罢，且让他趁风使尽帆吧。

他便把昨宵的案子，细审起来：你见到他的时候，走到哪里了？他是怎么样站着？他的衣着如何？随后又怎么样离开？

我自然不免为自己遮掩则个。堂上谷稟，案发时大概四五点钟，黑得很呢，哪看得分明。犯妇刚走到墙角，一半身子还在墙后。听我一叫，那汉子低下头就赶快走了……

又问：你叫了一声之后，两手没什么动作？

这才是关系量刑的要紧问题。于是想一想，加倍小心答道：当时犯妇一手在上，一手在下。但是！但是！青天明鉴，犯妇的头发是披散在胸口的！其实足能遮住大半……

他喝道：住了，不须多言。

我便讪讪住了口，灰溜溜等待发落。

俯首于丹墀之下，闻得徐徐道出判词：好啦，原谅你了，现在不生气了。因为这确实是个小概率事件，漫漫长夜，如厕时间很短，两间屋的人同时到卫生间去，本来就罕见得很，而隔壁两人中你撞见的又不是女人，是她的拙夫，几率又要减半。再说，她的拙夫一两个月才来住一两天……

我听得判词，精神大振，不由得腰杆逐渐地直将起来。

他又叹息，作黛玉状，道：这以后，你可都改了罢！

遇赦的犯妇，自然没口子称"一定改了"，又另取了细巧果子下酒，温存把盏，良人这才渐渐地回嗔作喜。

之后，我到厨房洗碗，他站一旁陪着。闲闲道：其实，你可知我为什么不生气了？

为什么？

因为今天这个披萨烤得实在是太香了。属于有重大立功行为，可以减刑。

——披萨拯救失足妇女！

《星空》与蓝莓鱼板面

东边的墙始终空得不好看,虽然是租住的屋子,还是订了一副140cm×120cm大小的仿真复印版《星空》,与西边挂的黑白世界地图印布相呼应。

店家印刷好了,邮寄过来,是个巨大的画卷。贴上,整面墙立即幽深地流动起来。像能把一半屋子卷入又冰冷又炽热的激流中去。

有好多个晚上,临睡前趁着外边照进来的微弱夜光,凝视这片文氏宇宙。

开始的时候,总想起那篇《秋夜》:"这上面的夜的天空,奇怪而高,我生平没有见过这样奇怪而高的天空。他仿佛要离开人间而去,使人们仰面不再看见。然而现在却非常之蓝,闪闪地眨着几十个星星的眼。"树呢?"最直最长的几枝,默默地铁似的直刺着奇怪而高的天空,使天空闪闪地鬼眨眼……直刺着天空中圆满的月亮,使月亮窘得发白。"

简直就是《星空》的写照。不过鲁迅写的是枣树，凡·高画的是丝柏。

然而看得太久，它就开始变形了。

某夜，躺在床上，他说，你觉不觉得《星空》像……吃的？

什么吃的？

那轮月亮啊，像一只煎得金黄的鸡蛋，蛋黄还煎成溏心呢。

那星团呢？

星团是鱼板，"鲜虾鱼板面"里那种带螺旋线的小圆圈鱼板。数一数，一，二，三，四……一共十一片鱼板。

那两道旋转的气流呢？

气流是刚下进水里的挂面，还没来得及搅开。

左边的丝柏树呢？

丝柏树是一大片紫菜呀！撕得参差不齐的，正拿在手中，打算扔进汤里。

汤为什么是蓝色的？

这个么，可以当作放了蓝莓汁。

蓝莓面，这个口味有点怪。

文氏风格嘛，自割耳朵的人，当然口味会有点古怪。

所以，《星空》的真相其实是：凡·高半夜饿了，起床给自己做夜宵，下了一碗蓝莓鱼板面，放了紫菜，然后铺了一只煎蛋在上面，吃完觉得自己很了不起，煎蛋没有焦，紫菜的口感刚刚好，还从面条在沸滚水波中的卷曲和翻滚，得到了关于笔触的新灵感。于是为了纪念这碗面，老文特意冲进画室，把它的英姿描绘下来……

他一拍床：没错，肯定是这样！

啊，越说越饿了，真想起床去下一碗面啊……

这么晚，算了，多看一会儿画儿，权当是吃面了。

自那夜之后，《星空》在我眼中就永远定格在一碗面的样子，再也回不到艺术品的宝相庄严。

每夜睡觉之前，都会多看一阵。有时还有新的发现：哎，你看汤里，还有一丝丝黄色白色的蛋花呢。

嗯，老文做汤的时候肯定勾了芡，不然不会这么绒呼呼……

下面的城池房屋是什么意思？

哦，那不过是老文当时住的地方而已，作为记录，画在下面，而且也表示：民以食为天，一碗面大过天，在面汤的天空下，世间庸庸群氓都要臣服，都显得渺小、无足轻重。

（后来，小薛声称在《星空》里还看出以下内容：一只手正在抓一只小老鼠。他是决心要做艺术的化外之民，并且越走越远了。呜呼哀哉。）

其实当日买一大幅《星空》，那家店还附送了一小幅《罗纳河上的星空》（*Starry Night Over the Rhone*。）贴在了另一面墙上。

《星空》变身紫菜煎蛋之后，也盯着那一小幅盯了半天。最后异口同声地说，不行，这个里面没有好吃的……它就是单纯的、无趣的河流和星空……

夜话

1. 情深不瘦

临睡前例行拥抱。我熟悉这具肉体的每处转折、弧线与直线、三角形与纺锤体，每一根线条都与手指订了永久契约，共同造就对时间的蔑视——甚至我认为我与他熟悉对方的身子胜过熟悉自己，我摸得出他脊背上、肩胛上新增的半毫米厚的皮下脂肪（可我总不清楚自己有没有变胖）。

对我来说，他始终有那样冲动的魅力，一种带着好奇懵懂、与尘世疏远的少年神色。我一不提防就会被他的模样魇住，虔诚地呆怔着。空气黏稠得像逐渐滑向温柔深渊的音乐，即将不可挽回。我喃喃道：这怎么办？不该这样，我不该这样爱你，这样可不好。

他理解不了这种有点可笑的过度敏感，笑道：啊？……

我说：有个词叫做"情深不寿"，你听过没？

他摇头。其实我知道他不知道。待要解释，又觉此句不祥，便临时改了说辞，故意道：情深不瘦，就是说夫妻两人感情好，因此心情好，心情好就胃口好，于是双双长得肥肥胖胖，此即"情深不瘦"。

他先是"哦"了一声，皱眉道：肯定不是这个意思，你骗我。

我遂续道：好吧，不开玩笑，其实这个词读作"情深不熟"，就是说夫妻两人感情好，妻子做饭的时候丈夫总是跑到厨房跟她恩爱，于是饭总也做不熟，此即"情深不熟"。

他忍耐着听完，笑道：你这是情节三级片嘛！还是瞎说。

我胡扯得上瘾，像上了发条似的喋喋不休：还有一个词叫"恩爱夫妻不到头"。它就是说：恩爱的夫妻都很清贫，他们从来不会坐头等舱，坐头等舱的阔人都不是恩爱夫妻，这就叫"不到头"，一旦阔到了头等舱，恩爱也就到头了；这句话还有一个意思：恩爱的夫妻从来不会吵架吵到头，他们一开始口角就会马上停下来；还有一个意思：恩爱的夫妻总会把话留一点，不会说到尽头；恩爱的夫妻会把感情也留一点，满则招损，要永远恩爱就要让感情总觉得不满足、尚未尽兴、没有"到头"；恩爱的夫妻就好像在走一条永远走不到尽头的林荫路，路边草丛里开着蓝色鸢尾花和金盏花……

最后,我终于认真给他讲:"情深不寿"的"寿"是寿命的意思,如果两人感情太深,容易半路生变,或者一方早夭,比如赵明诚,比如济慈,比如居里夫妇……

他懵懂听完,笑一笑说:扯完了?便转而开始别的话题——他不会中任何文字的蛊。这有点像是:无知者无畏。

情深不寿,恩爱夫妻不到头。彩云易散琉璃脆,世间好物不坚牢。济慈说:"我可以承受死亡,但我无法承受失去她。我皮箱里的一切都令我回想起她令人颤抖的抚摸。她放进我旅行帽中的衬里滚烫着我的头颅。这世上没有任何事物能让我离开她片刻。"他终于不得不承受死亡带来的分离。李渔《鹤归楼》,书生段玉初"妄娶国妃"绕翠,为葆夫妇偕老,也将薄幸当作深情。沈三白奉劝曰:世间夫妇,固不可彼此相仇,亦不可过于情笃。此是沈君失掉芸娘,"终夜长开眼"之际的痛定思痛。

然而,我并不怕谶语,一点也不怕……不到头,不就是不到头等舱去嘛。

2. 他对我的了解

我独自在家时,用煤气灶烧水,没一次能及时去关火,总是把它忘在遥远的厨房,直到水孤独地烧成半干,或彻底烧干。打开洗衣机洗衣服,又忘记把排水管放进卫生间,弄成满屋洪灾,我闭门听音乐,全无知觉——直到楼下大娘上来砸门。大娘彪悍的胖闺女站在楼道里仰着头骂人,又把我押到她家里去看湿了一片的顶棚。低头没口子地认错,道歉,挨骂,心中哀叹:我果真是什么都做不成。最后赖小薛请工人给人家重新粉刷房顶了事。

夜间共枕说话时,我向他致以谢意:家里大大小小琐碎的事都是你来照应,辛苦您了。

他平时总挨批评,骤然吃赞,受宠若惊之余,颇显羞涩。

我又道:我什么都不会干,要不是你照顾我,我肯定过得很凄惨。

他眨眨眼睛,缓缓道:你倒不是不会做,只是不愿意去想,你的精力都用到你喜欢的那些事情上了。

原来他是这样了解我的。此言一出,我虽坚定请罪致谢之心,也不由得有些欢喜,但仍道:不不,我是真的做不好,那些别人用60%精力就能做好的事,我就算100%努力也还是漏洞百出。

他淡然道:你也并没比别的女人更笨。

我说:但我有资格不去花费心思在琐碎事情上,不去惦记煤气还有没有何时该买电何时要交房租,我有资格无所用心,这都是拜你所赐,这是你让我比别的女人幸运的地方。

又道：从前，心里第一桩大事是好好照顾你，让你过得像皇上一样，现在因为忙碌有时要让你洗碗洗衣服，心里总有罪恶感——对不起，我没做到当初的承诺。

夜已经很深了，凌晨一点左右，窗外远远有西风呼啸，锁舌松弛的屋门被室内穿过的气流带得时而轻响一声。壁上一灯如豆，昏黄灯光在他睫毛尖梢上闪烁，他的脸蛋一半铺陈着光亮，一半沉埋在暗影里，泾渭分明，睫毛下积着两泓夜间的湖水，横向伸延的鼻梁曲线像一段短短的、神妙的古城墙。他和我的肢体，在毯子下，以复杂但娴熟的姿势交叉。很多这样的时刻，我因凝睇而忘记说话，清晰地感到火焰在表皮下燃烧。

此际，仿佛能呼吸到两条灵魂喷薄而出的温柔气息，看得到胸口透射出来的微光彼此映照。

我又提起另外一件长久搁在心里的事：我其实一直是很自私的人，太自我中心，对人太冷漠，你莫怪我。

他再次替我辩解：你并不自私，只不过你的感情太真诚，容易受伤害，因为很少人有你那么真诚和长情的，所以你认为的自私，是理智里无意识的对自己的保护。

最后，我说：有时太忙了会脾气急躁，对你的态度不如以前温柔，你要记得，我跟以前一样爱你。

他笑着，就像大人笑小孩说了幼稚的话，答：我当然知道。

……已经共度多少夜晚了？我仍需紧贴他的胴体才愿睡着。就算背对背躺着，也要探出足趾碰到他的小腿，必须要有哪怕一平方毫米的面积相连，方可安心。就像教徒叨念耶稣的名，获得内心的欢喜平静，我崇拜他的肉身，借以得到安宁，我崇拜他的温暖光滑的皮肤以及蒙在皮肤下坚实的肌肉……天啊，我仍是这么爱他，仍像第一天为他倾心时那样无法自拔。几年前我经常长篇累牍地对此发表演讲，就像刚上台的政治家不遗余力地表述心声，演说蓝图、主张。如今长久不说，我时或怕他不记得。其实他记得。当然，如果他不记得，那也衬不上我爱他了。而且，我才知道，他了解到的总比我所知道的，更深一些。

　　就像聂鲁达的诗：

有你的胸脯，我就心满意足，
有我的翅膀，就足以使你自由。
一向睡在你心田里的事
将由我的口中直达神明。

每日的梦想都在你身上。
你的到来犹如露水洒在花冠上。

我说过你曾在风中高歌

仿佛松树,宛若船的桅杆。

我醒来是因为睡在你心上的鸟群
时时要迁徙,时时要逃避。

纪念物

男人搞收藏，大多注重价值。我有位老师，是版本学专家，特喜收藏古书。见到某个学生，问，你家乡是哪里啊？答：天津。他就会说，哦，我某某年到过你们那里的某某古董街，收了两本明版书，哎呀，那条街真好……后来到他家去看，原来还不止收藏书，各种古物把屋子塞得满满当当的。老师已高寿六十五，经常担心的是心爱物品身后散佚了怎么办。李世民要把《兰亭序》带进棺材，恐怕也出于这种心情。

爱收藏东西的女人，多半不光是为东西。三毛有一本书《我的宝贝》，整本书讲她收藏的陶罐、挂毡、酒袋、项链、木雕等，都请摄影师拍了照片配着文字。她说，旅行不喜欢看风景，觉得看风景好像看月份牌，就喜欢乱七八糟地赶集。有些戒指、手镯，她戴着伸出手来，很认真地拍照（那手也是白白嫩嫩的，像一切爱世界、爱惜自己身体的姑娘们一样，不会让人联想到它会结束主人的生命），然后讲述在哪里的摊子上买到，或是哪个芳邻、好友、陌生人的赠与。她也说，不知道这好东西，将来会到谁的手中呢？这种感叹类似"他年葬侬知是谁"。小时候读到那些图文，觉得异常凄凉。半生流浪，辛辛苦苦收罗来满屋宝贝，现在不还是花落人亡两不知。

现在当然知道，她讲"宝贝"，不止是恋物，而是留恋东西背后的人。

——我猜如果她活到现在，一定是个微博控，到世界各地行走，把市集上的小玩意一个个拍了发在网上，让粉丝们疯狂转发评论。

我就像天生少一根弦似的，对玩物、饰物，都没有半点恋慕之心。

首饰没有。结婚戒指都不要，别的更嫌累赘。母亲曾珍而重之地送我一枚绿宝石戒指，是当年父亲赠她的生日礼物。我拿回自己的小屋，茫然四顾，实在不知该放哪儿，后来居然找不到了，很自责了一阵。再后来，到内蒙古去，婆婆说，那枚戒指你拿给我收着了呀，忘了么？——这就是为什么我不能有任何贵重首饰。

然而纪念品呢，似乎不买不行。无论到哪里去玩，当地人早就准备好一整条街，专卖似乎精美、实则无用的小玩意，国内国外，环球同此凉热。不买呢，就像吃饭不按程序来，人家上了甜点，故意不吃似的。

我对那些纪念品摊子老觉得不耐烦，目不斜视地往前大步走。他硬要把我拖住,坚持说,真的不买几件?瞧那个小雕像,再瞧那个彩色头巾,多好看!回去再后悔就来不及了哦。

我转一转眼珠,这样劝解他:最重要的纪念品,是我跟你共度的时光。别的,有什么要紧的呢?于我如浮云。

这么一说,他当然眉开眼笑。纪念品的事就算了(给家人朋友买还是免不了,每次选定了一样礼物,他都要掰手指数数,三个弟弟两个妹妹两个叔叔一个姑姑一个舅舅……)

买纪念品的钱,不如拿去买当地的饮料,各类果汁,酒,咖啡,夜里对着异乡的海浪星辰,慢慢喝掉。

在我看来,"淘宝"确实是一种玩的方式,给人收获感,行囊被装得沉重饱满,就像饱餐了一顿,心中满足愉悦。实际上,物不过是物,对某个地方的记忆,并不会因为某件纪念品而变得更深刻。(买点实用而不占地方的东西,倒无妨。他在希腊看中一件T恤,海洋似的深蓝底子上,以橘黄色印着十个神祇形象,标注希腊文,非常好看—— 虽然希腊文看不懂。回来后在地铁上遇到一位男生,直勾勾地盯着小薛的胸口,嘴唇微动,其实他是在数T恤上那几个神祇的数目。)

物,是可怕的。日子过得越来越久,杂物总会堆积起来,像牙垢似的,旁人可未必觉得好,但确是自己的一部分,一旦去除了,不疼也有丝丝凉意。而且不管去除几回,慢慢地总会继续再累积。堆满了杂物的家,可以摆放得像个纪念品商店,坐镇其中,大有自豪感,客人来访,绝无谈资匮乏之虞,随手抄起几样东西,来龙去脉一讲,时间就被旅行者的故事们快乐地杀掉了。而且,被这么多回忆的碎片围绕着,摸摸弄弄,如葛朗台擦拭金币,怎么都不会无聊。

但更宝贵的,难道不是空间和时间么?

我刚搬到现在这个十几平米的小房间里,徒有四壁。后来东西越来越多,如今想搭第三个书架也没地方搭,新书只能堆到地上。我再也不能忍受添置任何无用的东西。

对于"东西",我是这么想的:放太多留恋在上面,危险。因为"物"总是不牢靠,只把感情放在一件最有把握的东西上面——那就是他,就足够了。

偶尔有朋友跟他商量买个什么样的戒指,或有朋友向他诉苦,说女友一定要某牌子的钻戒。我总要尽情叹息:一块石头啊,不就是一点透明粒子吗,套在手指上,能成仙吗?玻璃也是透明的啊,打破一个杯子,千万块透明小粒子都有了。钻石者,其实就是一块碳!跟石墨的成分一模一样,一粒石头,还不如一根铅笔芯、一块木炭有用处……

……不过,也不是一点纪念品都没有。

第一个情人节买下的玫瑰花,早成了黑紫色的碎片,连杆子一起,珍重地放在小塑料袋里。

第一件他送的礼物,是小猫模样的、毛茸茸的钱包,尾巴卷过来,把钱包的两部分扣在一起。我曾在一家商店里拿起来抚摸，但一问卖三十块钱，就放下了。中间隔了一个多月的分别，他与我在B城重逢，忽然笑嘻嘻地把猫钱包亮出来。

一件我送他的生日礼物，是纸灯笼。在粤地时，夜晚在湖边跟朋友说话，忽然一群人踱步过来，说笑声四溅。好多人手里捧着一只纸灯笼，他们传递一个打火机，点燃，两个人做一对儿，面对面端着，两张脸被照得格外亮，然后一二三数数，一起松开手，灯笼就摇晃着徐徐升空。不同色彩的棉纸，透出来不同的颜色。湖里映出的灯影，是朝反方向下降，好像是钻进湖心里去了。

好不容易在小摊上看到有卖天灯的，赶紧买一个，带竹撑子的纸灯，里面附上带泡沫塑料的点燃装置，还有复杂的说明图纸。坐火车去给他过生日时，作为生日礼物给他。他很喜欢，但越喜欢越舍不得点燃，点了它就投奔了天上的宫阙，不再回来。我说，能不能用绳子拴住放上去，让它在上面亮一会儿，再扯下来？……他说，这又不是风筝！

到最后，那只灯笼收进了柜子里，恐怕是永不会使用，它只能永远黯然做着上天的美梦。

猫钱包也始终没有用过。

那之后我说，不能再买礼物了，送了也不舍得用。近几年就再没互相买礼物。轮到节日或纪念日等重要日期，我会学做一个新菜式当成礼物。

还有些什么呢？……从海上回来，洗衣服的时候，发现裤脚的折痕里留下几粒小石子，是在海滩上玩的时候跳进去，又被装进箱子，坐上十几小时飞机跟着回来。真是不远万里！说不定是千万年前海底生物的遗体化成的，立即找出一只小玻璃瓶，郑重地搁进去。

除那之外再没有了。

……其实这整个崭新的世界，都是你的礼物。从此还有什么新鲜东西值得送来送去呢？

厨房里的西西弗斯

1

歌颂"民国闺秀"的热潮,热了很久,总也凉不下去,以我的愚见,原因可能是大家羡慕那批女子一方面没丢掉旧式学问、恪守德言容功,又能得风气之先,通西学,读外文书,穿洋裙,跳狐步舞("南唐北陆",与陆小曼齐名的唐瑛,能用英语演出京剧《王宝钏》)。这样的女人,真让男人们面子里子都舒坦。其典范如陈寅恪夫人唐筼,梁实秋夫人程季淑,朱生豪夫人宋清如。

其实,她们的西学学得还不够彻底,否则可能会成为西蒙·波伏娃的拥趸。波伏娃坚定地声称不要成为家庭妇女,要性生活不要婚姻,不要孩子,不做家务,"既不为别人做,也不为自己做",主动选择毕生居住在旅馆之中。据说,这使很多女人羡慕佩服，认为她得到了女性最为渴望的精神自由和宽裕独处的时间。唐篦要是受了波伏娃的蛊惑，陈先生的学问只怕没那么好做了。

十九岁的冬天，我在第三段恋爱中败下阵来，回家途中，需要在某城换乘，父亲特地到那个城去接我，并陪我在那里住了一夜。他第一次跟我说起，他对母亲的感受，以及他为什么几十年都那样爱她。

他说，你知不知道，男人最看重妻子的哪一点？是处理家事的能力。你妈妈不管白天工作多累，也一定让屋子干干净净，整整齐齐，而且虽然她厨艺不算出色，但总努力让饭桌荤素搭配。

持家的女人就像交通灯——虽然有时被红灯拦截下来的人也会厌烦红灯，甚至闯红灯，但所有人都知道，要是缺了红绿灯，所有街道都会乱得像被猫玩过的线团，根本无法通行，"交通"将荡然无存。父亲有时嫌母亲管钱管得过严，他出门时口袋里的零钱太少，但那个晚上他跟我承认，单靠他微薄的收入，如果不是母亲节俭，家里不可能攒得起钱买房子。最后他肃然说道，将来你要料理好家务，不要觉得委屈，记住那不是为别人做出牺牲，而是为了让自己生活更幸福。在那之后不久，我遇到薛君。真巧，一开始我跟他就同住在一个屋檐下，"家务能力"对男人的吸引力得到彻底的证实。就像《康定情歌》里唱的："一来溜溜的看上，人才溜溜的好哟。二来溜溜的看上，会当溜溜的家哟……"

不久前，读王小波哥哥王小平写的回忆文字。他讲到王小波与李银河的结合：

"他们二人都鄙视世俗生活，对市井生涯，特别是柴米油盐酱醋茶之类的凡庸小事视为畏途，所以一拍即合，共约要振衣千仞之岗，过一种超脱世情的高尚生活。过了一段时间，他们在浪漫精神中结合，这就是说，结婚成家了。他们二人都无心张罗俗事，按一般标准来看，他们的日子过得潦草之极，也就是没饿死而已。按照我妈的说法：他们在一块儿吃什么，吃精神吗？按照小波丈母娘的说法：这一对宝贝放到一起，就差给他们脖子上各拴一块大饼了。我毫不怀疑，他们二人在自己的世界里过着极其丰富、极其高尚的精神生活，并在一定程度上练就了喝风屙烟的本事。据小波说，李银河可以一连几天靠吃饼干度日，不以为苦。小波也是得混就混，实在口中淡出鸟来的时候，才动手炒点菜吃。对他们的境界，一般人只能高山仰止而已。据小波说，李银河过日子比他还马虎，有一天，她买了几个松花蛋回来，跟小波说，达令，我们今天有好东西吃了。打开挎包一看，松花蛋早就挤得稀烂，连皮带壳和包里的种种杂物均匀地混在一起。小波虽是丈夫，但轻易不让老婆做一回菜，不为别的，就因为她厨艺不佳，炒出的菜实在难以下口，而小波的味觉之敏感是举世罕有其匹的。至于其他家政，也没达到居家过日子的起码水准。有一回我妻子上他家去,小波想泡杯茶待客,伸手去拿厨房餐桌上的杯子,一拿没拿起来,二拿还是没拿起来,第三次运足力气,吱啦一声,总算拿起来了。原来那东西已经被积年的油垢黏在桌面上。如今想来,他们倒是大有孔夫子贤徒颜回的风范:一箪食,一瓢饮,在陋巷,人不堪其忧,回也不改其乐。"

我对杯子黏在桌上这一细节感到震惊,一米九几的壮汉王小波费力想把茶杯拿起来的情景,就像那只杯子一样黏在我脑中。

噫吁兮!"人不堪其忧",我就是"人"中的一个。两位前辈的精神很了不起。证明去掉等号这边"家事"这一项,等号那边照样能得出"神仙眷侣"的结果。

不过,以我的愚见,就像为了追随柏拉图的哲学而放弃燕好——那不值得。这里边有个似是而非的逻辑:"市井生涯"等于邪恶吗?它们真的站在独立、高尚、风雅、成就的对立面吗?如果说怪它们的拖累,能把一个莎士比亚降到贺敬之的水准,再把贺敬之降到县文化局公务员的水平,酱醋茶们该委屈死了,你能活着还不全靠我们哪?一屋不扫,何以扫天下。真有本事的人,应该是物质生活精神生活两边都不耽误。

用艰苦的生活条件磨炼意志品质,这挺好,可惜对健康损害太大了,颜回四十岁英年早逝,我觉得跟一箪食一瓢饮造成的营养不良有很大关系。要想多做几年研究,多读几年书,多看看世界的新变化,是不是还是稍微上点心,把烹饪等家务抓一抓,皆大欢喜的好呢?

退一万步说，就算不为自己，难道不能从孝道出发，照顾好身体发肤，免椿萱之忧虑，报母氏之劬劳于万一？

2

"许许多多的女人有的只是这种不会战胜灰尘的永无休止的斗争。而甚至对大多数特权女人来说，这个胜利也决不会是决定性的。几乎没有什么工作能比永远重复的家务劳动更像西西弗斯所受的折磨了：干净的东西变脏，脏的东西又被搞干净，周而复始，日复一日。家庭主妇在原地踏步中消耗自己：她没有任何进展，永远只是在维持现状。她永远不会感到在夺取积极的善，宁可说是在与消极的恶作无休止的斗争。一个小学生在她的作文里写道：'我决不想过打扫房间的日子。'她认为未来就是向某个未知的顶点不断前进；但有一天，当她母亲洗碟子时，她突然想到，她们俩将终身受这种礼仪的约束。吃饭、睡觉、清扫——未来的岁月不会升向天堂，而是灰暗地、千篇一律地慢慢向前延伸。与灰尘和污物的斗争决不会取得胜利。"（《第二性》）

在这一点上，我跟西蒙挺有默契。中学时候，帮母亲做家务，照顾姥姥，做饭洗碗，洗床单窗帘，我就经常想到把石头推来推去的西西弗斯，那时当然还没看到这本书。

家务甚至容易让人对"人"产生根本的厌恶，认为"人"

又脏又贪吃，"人"的肚皮简直是填不满的沟壑。就像欧·亨利的一个可爱的短篇小说《饕餮情缘》，讲一个餐馆女招待，因为每天看着男人们据案大嚼，便认为男人都是恶心的两脚饭桶，立志不嫁人，跟一个在食堂干活的女伴一起当一辈子处女。纪昌学射，悬虱于牖，每天盯着看，看了三年，虱子在他眼里就大得像山一样。如果每天盯着看，任何东西的缺陷都会看得比山还大。

搞文艺的人，自然不愿"盯着看"，他们根本一眼都不想看。顾城是个男人，而且有一个能干的妻子谢烨照料生活起居，在他的德国友人、汉学家顾彬的回忆中，当他不得不陪妻子谢烨去买衣服的时候，就沉着脸一声不吭地坐在地上（那时他对妻子的依赖已经到了寸步不能离的地步）。顾彬说，他痛恨"生活的具体化"。这话概括得好。

指望男人做家务，好比让老虎钻火圈。连哄带骗的，也许它肯勉强钻那么一两回，但惹得它不耐烦了，早晚会咬人一口。叶嘉莹先生曾回忆她在加拿大教书时的苦楚：正忙着跟学生讨论课业，先生打电话来质问她为什么还不回家做饭，如果先生屈尊下厨房做了晚饭，她回家后会发现他把所有锅都丢在地上，以示抗议。

然而女人与男人不同之处在于，女人毕竟很难在灰尘堆里追求美，像闻一多似的，从臭水沟里看出翡翠桃花和罗绮。男人们有一种基因赋予的"视而不见"的本事，里尔克在谈到罗丹时这样说："我第一次到罗丹那里去时，便知道他的家对他是完全无所谓的,它也许只是一个微不足道的必需品,是一个避雨和睡觉的地方。他对它毫不在意,而它对他的孤独和镇静也没有任何影响。他在内心深处有一个黑暗的、庇护的和宁静的家,而他本人则变成了它上面的长空,它周围的树林,它远处奔腾不息的巨流。"这话说起来是美的,但真实生活中的、垃圾堆里的大师,就没那么美了。女人们受不了的。

不畏惧做西西弗斯的女斗士们,大有人在。简·奥斯汀、伍尔夫这些女作家,都是在做家务之余写作的。做得好不好另说,勇气可嘉。伍尔夫到一家烹饪学校去学习,为的是学会自己做家务,好把雇佣人的钱省下来,却因把结婚戒指忘在布丁里而出了名。艾米丽·狄金森家是望族,艾米丽和妹妹不仅负责家人每日三餐,而且要招待每日络绎不绝的来访者。后来姐妹俩提出抱怨,父亲才聘了一个全职的爱尔兰仆人。艾米丽如释重负,在一封信里说:"上帝让我脱离了家务之累。"不过她仍然得烤面包,做布丁,侍候长年生病的母亲。

在家务之余,她的时间很宝贵,她在日记里写:"我想煮马铃薯,可是却因为我在看表,而让锅子烧干了。我心中想到几行诗,手边却没有笔可以写。我赶紧跑到温室,却忘了赶紧跑回来。"

即使是自由至上的波伏娃,她在真实生活中所做的,尤其是她在《越洋情书》里所表露的,也根本没那么桀骜,"我会乖乖地听话;我会洗碗、拖地;我会自己去买鸡蛋和甜酒;如果没有你的允许,我不会碰你的头发、面颊和肩膀;我永远不会做你不准我做的事情。"

苏珊·桑塔格《床上的爱丽斯》:"这个世界上有这么多可怕的引人入胜的事在发生,而我却身陷在这个污浊的自我中不能自拔,让我受苦,把我紧紧束缚住,使我如此渺小。"

不知道程季淑,唐筼,张兆和等贤惠主妇们,在照顾老人孩子之余抬起头来,会不会有这种悲观想法。陈寅恪的三个女儿合著回忆录,回忆父母生活,书名为《也同欢乐也同愁》。对此书名只能冷笑。这些男人们怎么可能理解女人们矛盾复杂的心理,他们并不曾与妻子并肩作战,一起面对那块每天需要推到山顶的巨石,"同"自何来?

3

"虽然煤气和电气扼杀了火的魔力,但农村仍有许多女人在体验着用死木头燃起生命之火的乐趣。随着火的燃烧,女人变成了魔术师;只凭一个动作,例如打鸡蛋,或借助于火的魔力,她就可以使物质产生不可思议的变化:物质变成了食物。在这些炼金术中有一种迷人的魅力。做蜜饯更是充满诗意,主妇知道糖可以保鲜,于是她把生命封闭在罐子里。烹饪是一种意外的发现和创造,烤得恰到好处的蛋糕和薄馅饼能让女人得到特殊的满足,

因为并非每一个人都能够制作它：这个人必须有天赋。"(《第二性》)

不得不承认，西蒙说得全中。烹饪，如果肯于安心体会的话，跟写小说、雕塑、翻译、绘画、设计建筑物一样，都是一种创造性劳动，具有很多幽微的、引人入胜的乐趣。

发现、享受这种乐趣，并不是愚昧的。西蒙有点矫枉过正了。为什么要歧视烹饪呢？当然，只看得到这种乐趣的那类人，又另当别论。

女作家简媜在她早年文章里说："碟子碗筷，锅铲汤勺，刨的削的挖的淘的，尽可把一个嫩肥肥的女人榨干。我只管自个儿一张嘴，日子覆了保鲜膜，也像一名寡妇。"（这让人想到某个妙句：要问男人的鼾声讨厌不讨厌，问寡妇。）

那时简女士还是单身，后来电光石火遇到爱人，又电光石火产下麟儿，为儿子写了《红婴仔》，育儿生涯乐也泄泄，滋润得很，给儿子尝试做各种婴儿食品，不厌其烦，热火朝天，"榨干"之说，自动烟消云散了。

独立生活之初，母亲贻我两样宝物。一样是一把金灿灿小剪刀，据说价值不菲，堪称剪刀中的奔驰、宝马，非常好使。另一样是一把黑沉沉菜刀，钢料很足，十分沉重。有些器具越轻巧越好使，刀具则是正相反，越重，越省手腕的力气。

我明白母亲的意思，她固然希望我好好读书好好做文章，但更希望我能把生活料理得当。家乡有句老话，形容好媳妇得要"上炕剪子响，下炕铲子响"，我小时每次听她说这句，都会驳斥道：剪子和铲子那是掉在地上才会响，这根本不是好媳妇，是个笨媳妇。她每次听了都大笑。

因此每次我学会做一道新菜，地三鲜、红烧鲤鱼、鱼香肉丝之类，都给她汇报一下，以博慈颜一悦。如今很流行这样娇而不羞地介绍自己：我是一个标准的吃货。为什么"吃货"能够成为徽章戴在胸口呢？而戴徽章的又以女人居多。我勉强为这种心理找到一种出处，好些通俗爱情小说里常写这种情景：她（女主角）吃了一大口某食物（冰淇淋），然后享受地"唔"一声，眯起眼睛，坐在对面的男人迷醉地欣赏她的美态，认为她真是世间少有的可人儿。这是一种难说是好是坏的教唆。好处在于教女人享受美食，努力消费，拉动国家经济。然而脑中把"吃货"做成旗帜，当空挥舞，威武雄壮，不亦乐乎，这又是什么心理？我能想到的唯一解释是遮羞，好比雍正诛年羹尧的做法，越是心虚的事，越要敲锣打鼓，理直气壮。七宗原罪，饕餮位列其中，并无委屈。

在各类家务中，烹饪堪称老大，是重中之重，犹如葵花之于凡·高。辞职做自由撰稿人之后，我负责每天做午饭和晚饭，薛也可以摆脱难吃的盒饭，中午从单位赶回来，享用我的手段。可是有时读书读到关键时刻，写东西写得手滑，就像穿上有魔法的红舞鞋，转啊转啊转啊，实在不想停下来。这时离开书桌到厨房去，真需要绝大毅力。为了让厨房变成更具有吸引力的地方，他给我买了一个袖珍音箱，做饭时能在厨房播放音乐。心情不好的时候可以大声跟着唱，反正有抽油烟机的轰隆声作为掩护。

天长日久，我琢磨出一些速成秘诀。比如说，有几样东西是冰箱必备品：西红柿、鸡蛋、松花蛋、蘑菇（冬菇、香菇、杏鲍菇）、卤猪肝、南豆腐。就像旅行时一定要带转换插头指南针，在银河系里搭车一定要带毛巾一样（《银河系漫游指南》里强调的），一旦具备这些东西，哪怕只剩十分钟，也有把握拿出两菜一汤来——最快的菜是西红柿炒蛋，小葱拌豆腐，再切一盘醋浇松花蛋和卤猪肝，桌面可就很不难看了。如果前一天已经使用过了西红柿炒蛋这个万能招式，第二天不好意思再用，不妨祭出它的表亲——蘑菇炒蛋，即把冬菇、香菇、杏鲍菇各切一点，切成丁，放在鸡蛋液体里，搅匀，炒。非常快速，而且好吃。

但速成菜只能连续做两次，第三次再这样糊弄，就有辱主妇之头衔了吧？

炖排骨、红烧土豆、红烧茄子、干煸四季豆，都费时费力，一般留到晚上从从容容地做。

虽然我承认人的幸福感很有一部分与味蕾联系在一起，但我不偏爱吃，更偏爱看他吃（这还真够没出息的）……同理，做家事的重要意义是它带来的精神愉悦。而且这并不代表"不自由"。虽然现时今日如果表白"勤于家务"，难免觉得底气不足,惭愧自己观念做法老套。我是如此屈服于我的"第二性",从厨房端出一桌晚饭,满足得像拿破仑率部打了一个小小的胜仗。如此种种,恐为新女性和先进的女权主义者们所笑。然而我不舍得为成就精神上的"绝对独立",放弃为爱人和自己做家务的快乐。

就像波伏娃的妹妹埃莲娜说的:"一个女人一方面可以做菜,另一方面,也可以是一个自由的女人。"

可惜极少见到男人为厨房里的女西西弗斯们唱颂歌。因此,实在感激泰戈尔,他说:

妇人,你在料理家事的时候,你的手足歌唱着,正如山间的溪水歌唱着在小石中流过。

浪漫杀死电熨斗

熨事，其实是桩韵事。

皱褶细碎的布面，像一塘行过风的春水。操纵熨斗，晶亮的铁尖角劈波破浪，很快就夜阑风静縠纹平。大有刈去杂草的畅快。

每天早晨，在他出门之前，铺开紫色碎花布面的铁架子，熨好当天要穿的衬衣。菲利普牌的绿蒸汽熨斗，在把手上按按钮，下面有蒸汽噗地腾起。衣领，左门襟，左中缝，右门襟，右中缝，过肩，袖筒。最后着重压一压胸袋。

熨出来的衣衫，顺滑驯服如太平盛世。平乱有功，熨斗可获封"平乱铁将军"。

冬天的时候，把熨成的挺括衬衣从布板上拿起来，抖一抖，从容欣慰地递到他手中。他毫不迟疑地把衣服往背后一甩，像刘翔披挂国旗。布料贴伏到脊背的一刻，赞道：喝！还是暖热的，真舒服。

——我第一次展示卓越的熨衣技艺，他大惊失色，天啊，你这手法真娴熟，简直可以出去摆摊谋生了，在哪学的？我面有得色，忘了我的出身了？我可是裁缝家的女儿。从小就耳濡目染什么熨斗针线我都耍得有模有样……

某天早晨要往熨斗里注水时，看到书桌上的冷水壶，水里泡着柠檬片。想了想，抄起壶，把带柠檬味的冷水倒进熨斗。

他在一旁大叫，怎么往里倒柠檬水？

我说，用柠檬水熨过的衬衣，就会有柠檬香味啊。

他不响，被打动了。良久问，你有把握熨斗不会弄坏？……

我一边插插头一边说：不会！用完我会用净水冲洗。忘了我的出身了？我可是裁缝家的女儿。从小就耳濡目染什么熨斗针线我都耍得有模有样……

恰好他今天要穿的是一件柠檬黄条格的衬衣。熨斗烧热之后，按下按钮，第一拨"柠檬蒸汽"噗地冒出来。翕一翕鼻子。似乎不是柠檬清香？倒像是……他就站在我身后观望，说，有点像冬天在炉子上烤橘子皮的味道。

我：不过还是……很香嘛。

挨近衬衣去嗅，衬衣确实有了烤柠檬/烤橘子的味道，如果硬要说是香味，也不是不可以。

熨好了。抖一抖。他穿上，扭起一个肩头凑在鼻端，说：确实有柠檬香。

我：其实……没有我想象中的效果，味道太淡了。

他正色道，你一向自诩鼻子赛过警犬，这么浓的香味，都没闻到？

一整个上午，屋里都像有一个橘子正搁在铁皮炉盘上烤着。他穿走的衬衣怎样了呢？是不是就像淡淡柠檬草，焦煳里又有香味……

肯定会有人说：这还挺浪漫的。第一天的时候，我也这么觉得，兼之沾沾自喜，觉得此举想落天外，只有天才家庭妇女如我，才想得出。

然而第二天发现，熨斗铁板上小孔处开始呈现可疑锈迹。

他看见我用细棒清理小孔，问：怎么了。我不敢说是可能倒过柠檬水的原因，只说，B城的水，水垢真太重了。

第三天晨起熨衬衣的时候，熨斗忽剧咳不止，在灰衬衣上呕出一滩黄水，就此寂然，任女主人万般呼唤爱抚，也不再理会。

他呆呆问，熨斗坏了？

我：坏了。

一向没坏过，怎么今天……

我（有点恼羞成怒）：一向没坏过，就不许今天坏一下啊！一向没死过的人，那不还是都要死一次吗！

他气沮，噤声，着衣，系扣，过来抱一下，出门。

拔下插头，再插，再拔，再插，熨斗依旧作昏迷状。颓丧坐倒。不得不承认，是柠檬水把熨斗弄坏了……是我亲手鸩杀了素日视如股肱的平乱大将军！

所以……
浪漫害死电熨斗。

求 医

1

读研的第二年,他到高铁建筑工地做监测,是国家自然基金的科研课题,时间长达一年。在工地上遭受暴晒,晒得像一段炭头。课题结束后,他鼻梁侧面长出一小块阴影似的斑点。那时我在另外一个城市,不在他身边。有一天他打电话给我,说,确诊了,是红斑狼疮。

接电话的时候,我仍在椅子上坐得很稳当,手里也没有一只杯子掉到地上,以表惊惧与心碎。只是"哦"了一声,说,还能治的吧?

他的声音也仍是平静稳当的,不用担心,能治。

不久,他坐火车来我住的城市看我。第一眼见到那块斑,我心里猛地一跳,胸口如受重击,准备好的话一句也说不出来。他反倒笑了，伸手来摸我的脸。红斑狼疮是免疫系统疾病，分为几种。就像不是所有白血病都会终结于情人的眼泪和墓地一样，他患的也不是致命的那一种。西药用过了一堆，似乎有点用处。之后在B城定居，又陪他到城里最著名的医院去看中医，乞灵于中药的"调理"之功。

用有点莽气的比喻，对国人而言，西药像是没大脑的美女，欲望涌起的时候，可以召来一夜情救急，但心里并不真心敬爱她。要解决灵魂问题，还是要到中药那里去。

——不过看看美国的医务剧，里面也时不时把中医拉出来嘲笑一番，美剧里有一位亚裔病人病倒入院，一查病历，发现他曾找过针灸师、按摩师、安神师，洋华佗大人颇为不屑地嗤道，"神"是个什么玩意儿！那些庸医，只能骗白痴的钱。

在洋人看来，中医近乎巫术。医生开好的药材捧出来，打开看看，谁都会肃然起敬。一袋药里集合了天地间多少物种！动物植物，都纷纷贡献出自己的一段躯体一块表皮一枚果实，在祝融共工的合力催动下，释放出它们从日月天地中摄取的能量，众志成城地来重振病人生命的活力。单是想想这过程都觉得龙心大悦，荡气回肠，病体立时轻松了不少。洋扁鹊，洋仲景，洋思邈们，他们怎会知道狗肚子牛肚子甚至"小肚鸡肠"里，都藏着救死扶伤的大奥秘（它们被尊称为牛黄、狗宝、鸡内金），又怎会明白一头雄麝生殖器旁边小小腺囊内分泌物的妙用（它被尊称为麝香）？当然，他们更不会懂得把刺猬皮叫做"仙人衣"，蚂蚁呼为"玄驹"这种幽默感和美感了。

惜哉，中医式微，似乎是必然趋势。谁让咱的中医题材电视剧拍得没人家好呢！后来小薛去看另一位有趣的中医赵大夫（此人的故事搁到后面具体说），他开完药会低声嘱咐一句，要是觉得难受得厉害，别耽搁，还是赶紧去西医那里要点药片啊。

再说回那家著名的医院，因其历史悠久，声名远播，成为全国病人们的最后指望，在西医那里碰了壁，或者久治不愈的，总想着中医会有神奇魔法，如地母盖娅之怀抱与乳汁，温暖病孩身心，赐予复原的元气和力量。

在通往该医院的公交车上，就已经能逐渐感觉到它的吸引力。不知从哪站开始，车上一大半乘客忽然都成了病人，他们以怯怯的外地口音买车票，布书包里露出黑底子的X光片。有人拿出病历来默默翻看，有时互相小声交流，大姐，也去瞧病啊？……

第一天去，根本没看上，原因是起得不够早，八点半到达医院，早就挂不上号了。如是者三，好似张良与黄石公约会圯桥的故事。挂号和缴费大厅嘈杂拥挤。挂一个号两百块，比起普通医院的一块钱一个号，算是天价了。中医医部这里看不到损头坏脚的患者。病历都写在他们苔绿、蜡黄、垩白、淤红、灰黑的脸上。五湖四海的病人们千里跋涉，由父母妻儿护卫着来到这里，拥着花棉被，软绵绵委顿在轮椅之中，等待医生的手指搭在他们细弱的手腕上，挽狂澜于既倒。

与他们一比，薛的病实在是疥癣之疾！我们行走在人丛之中，看起来又健康又新鲜，好似枝头刚摘下还带露珠的苹果（大概只有不孕不育医院能看到我们这样的患者）。不少人冷冷地打量我们，先看他，再看我，然后皱眉露出大惑不解的神情。我们几乎要觉得惭愧，为什么看上去能一饭斗米、肉十斤、被甲上马的小青年，还要来占用医生们救助危重患者的时间？

……不过，到底还是挂上号了。室内有锦旗张挂，默默讲述室主人"起死人肉白骨"的彪炳战功。女医生闲闲翻动病历，先说闲话，小伙子个儿真高，有多高啊？……两人结婚了没有？……买房子了吗？……

聊着聊着，才亮出脉枕，开始把脉。

后来每次来复诊，医生都十分笃定地说，我觉得（这三个字用黑体字加粗来说的），好多了！然后把炯炯的目光投过来。这个时候，患者除了讷讷答应"确实好多了"，还能说什么呢？

要用医保报销，药，医院是不肯多开的，药费不能超过四百，一次大概只开三天或四天的量。一周要开两趟，我和他轮流去。如此持续一年多。一两个月换一次药方。药方暂时确定之后，再抓药就不用觐见大夫，直接到另外一个小窗口，由年轻医务人员把原药方重新誊写一遍，称为"抄方子"。

如果运气不好，病人太多，去了总要等两三个小时。把药方交进去之后，拿到一张手写号码纸，里面问一句"代煎还是自己煎"，答"自己煎"。

我总是先去外面小饭馆吃午饭。慢慢吃一碗阳春面，买一罐咖啡，慢慢溜达回来。医院门口的店面分两种，一类给生者：卖煎药器具，全自动电热壶啊，筛药的纱网啊，大大小小的砂锅啊，还有鲜花水果篮（探病用）。另一类……卖寿衣，骨灰盒，花圈（都是花儿，这种是给逝者的）。还有一群人蹲着，一见愁眉苦脸的病人家属过来，就起身低声问一句：低价陵园，风水好，看不看？……医院的小院里，有好几棵高大的玉兰树，碗口大的白花，奇怪的是花瓣微微泛黄，也像微带病容——花犹如此，人何以堪。

取药窗口对面，有数张长椅。看了寿衣看了花，回来拿出头戴式耳机，歪在长椅上，读带来的书。等药递出来，书也看了一小半。

某天下午，坐在窗口外，昏昏欲睡地读一本侦探小说。人不多，一个中年男人在走廊里不断踱步，脸色憔悴，眼里都是血丝。有个三四岁的小男孩，坐在椅子上，脚够不着地，欢快地荡来荡去，跟医院气氛甚是不符。他手里有一盒快餐店的炸鸡块，正认真投入地吃，一件蓝毛衣前襟上金星点点，净是鸡块外边裹的炸面渣。我看得直皱眉，想如果是母亲在这儿，肯定早就看不下去了。男孩吃着吃着，还拈起一块，高举着对那男人说，爸爸，你不吃？男人笑一笑，不吃，你吃吧。

过了半小时左右,男人身上响起手机铃声,他盯着手机屏幕看了一会儿,走到墙角去接听。

接听的过程中,他几乎全没说话,连作为礼貌需要的"唔、唔"都没有。只在最后挂电话前,很慢地说,好,我知道了,再见。然后面对着墙一动不动地站着。只看背影,也能看出这是个心彻底碎了的人。他佝偻着身子,像在受墙壁的审问,没拿手机的那只手一下下空攥着,像要攥起拳来去打墙。有一阵我错觉他的身子在晃,而且就要往前倒下去。

小男孩也盯着爸爸的背影看,嘴巴半张着,里面有没嚼完的炸鸡渣末。男人回过身来,头揿得很低,到男孩身边拎起他的蜘蛛侠双肩包,草草给他扑落胸口上的食物碎屑,说,走,咱们走啦。

男孩问,不拿药了吗?爸爸。

他说,不拿了,回家。

男孩听话地跳下地,把空着的手交给父亲,最后一次问,爸爸你吃鸡块吗?他爸爸摇头。两人手拉着手,慢慢走出去了。小孩子还忍不住颠起步子来,小小地蹦跳一下,似乎家人根本没告诉他医院意味着什么。

他们离开半小时后,窗口里面护士叫道,115号,田秀蓉(我按声音猜的字),田秀蓉?见没人回答,就把药推到一边,叫下一号。田秀蓉,也许就是那个男人的妻子的名字。后来,我一直在想,那男人在电话里得知了什么?那一边是妻子的父母,还是她的医生？是不是他们告知他病人已确定不治，因此开药也无用，干脆领着孩子回家算了？那男孩到什么时候才终于明白，母亲不能再给他洗带油渍的毛衣了？

领西药的窗口不用等待配药，竞争更激烈，一家子一起来看病的，一般会派身强力壮的男人去排队。而急着来插队的往往也是身强力壮的男人。我虽身体康健，无奈先天属于"老弱妇孺"一类，个子又小，经常被天降奇兵挤到身后去。小声嘟囔，喂喂请排队……那根本不管用。某天被插了两次队，实在气愤，刚想发作，前面插队的男人回过头，低声说，对不起，您多包涵一下，晚上我们还得赶火车回老家。我立即为自己的不满感到愧疚。这时，听见排在我身后的女人冷冷一哼，低声道，到这儿来看病的，谁晚上不要赶火车回老家！

后来才知道，这是插队、加挂号的万能说辞。

取到了药，再把几大袋中药提回来，先统统倒进一只大盆里，清水浸泡。泡四五个小时，端到灶上，开中火，煮。煮两次，汁液兑到一处。放入密封器皿，冷冻，每日一盅。据说是要用砂器或瓦器煎药才好，但药量实在太大，没有那么大的器皿。

总共换了七八次药方，每个方子抓来的药熬出的气味都不一样，有时是令人恶心的甜味，有时是动物烧焦的味道。从前有一味药最好看，核桃大小，红彤彤的像用棉纸做成的灯笼椒，虽然没有标注，但是我照着方子一对照，知道它肯定是"锦灯笼"。这名字颇像"三字格"名字的明清小说：《玉娇梨》《珍珠舶》《醋葫芦》之类——醋葫芦真可对锦灯笼（"锦灯笼"还宜对何物？铁菱花，玉妆台……）。

不过下一次再改方子，这味妙药不见了，添了一味"穿山甲"，是最贵的一味，6克就200多块钱。医嘱是要分开煎，先煎那几块穿山甲，再将其他草根树皮丢进去熬。我将穿山甲撮出来嗅一嗅，有股恶臭。一查，此物居然是"通经下乳"的，主治妇人天癸不调。此时很想学朱紫国国王一样，虚心问一句，神医呀，那个马兜铃，啊不穿山甲，到底有何妙用啊？

先煎穿山甲的时候，我看书看得出神，水分熬干了，死去动物的甲壳躺在盆底寂寞地焦煳，像等不到临幸、欲焰焚身的怨妇。等到我想起这事，推门冲出去，发现整个客厅和厨房浓烟滚滚，洋溢着火葬场的气息。

……药煎得了，浓黑一碗。他每次都要与药对视几秒，似乎要用眼神感动药汁，让它进入身体后，超水平发挥作用。然后一饮而尽。

他曾幽幽说道，我对中药的下限，是不要开"椿象"进来，那真是宁愿病死也不要喝。

椿象即"臭大姐"——不晓得为何不叫臭大哥，浑身发臭的男人不是比女人多得多了？又去查了查，此物所属的椿科中，果真有入药的亲戚，名唤"九香虫"（欲盖弥彰啊），主治肝胃气痛、腰膝酸痛。因此告曰：不必担心，不会给你吃那种虫子，不过万一你有胃痛腰痛，别告诉大夫就是了。

2

中西合璧地治了一年多，疥癣之疾总算好得差不多了。遂不再去那家大医院。但接下来的半年也并不平安，还住了一次医院。

我不太愿意回忆那个夜晚了。总之就是他说胃疼，疼得很厉害。拿出几种胃药来挑选，最终吃了最保险但药效最模糊的一种。我问，咱们要不要去医院？他摇头说不要，然后连脸也不愿意洗，躺下去盖了被子，就闭上眼睛，像是疼得累坏了。我自己去洗漱，轻手轻脚地在他身后躺下，关了灯。其实他也并未睡着。我听着他不均匀的呼吸，一次浅，一次深。那像是为忍疼而屏气，实在屏不住了，再猛地松出一口气。

早晨六点多钟。他和我都醒了。他主动说，咱们去医院吧。

世上最可怕的事情之一，是亲人生病。在这种时候，我总是有点怒气。怒的是他为什么要陷我于如此可怕的境地，明明他该是百毒不侵的铁金刚，如日头光明如花新鲜，如果两人里要有一个处于病弱的位置，那应该是我！为什么要在假象下面隐藏一个并不结实的身体？骗子！

他呆坐在床边，看我走来走去收拾东西，身份证，病历，医保卡。我给他拿衣服，又蹲下给他系鞋带。特意不停地开玩笑，假装一切跟往日并没太大差别：哎要不要带一本杂志，候诊的时候看？……你这头型太……

到了医院，挂号，排队。门诊大夫问了问，轻描淡写地说，哪位是家属？去办住院手续吧。我的心咚地沉了下去。

我根本没想到"住院"这件事会跟他联系起来。他不是很健康吗？

窗口里飘出一张表格纸，病人姓名，家属姓名，与病人关系，住址电话，我每一格都填错，涂了好几个黑疙瘩。填了表送进去，交上钱，被指示到住院部大楼去。

仍要办手续。我弯腰看着他的脸，低声说，给你倒杯热水好不好？那张脸上有一层我陌生的东西，不太正常的红晕，还有看上去不祥的疲倦虚弱。他有点歪斜地坐着，头靠在墙上，笑一笑说，好。

可是等候区没有饮水机和杯子。我问咨询台，护士说，外边没有水喝，等办好住院手续进去，就有了。

其实一杯热水不是观音净瓶里的甘露，又不能让他喝了就霍然而愈，可我总是不甘心，又溜进某个办公室去讨，这次讨到了，珍惜地捧着跑下楼，放到他手里。

然后再上楼下楼跑着给他办手续，有时还要从住院部跑到主楼去。我没法让自己平心静气地走路，一概用最快的速度大步冲刺，跑得气喘吁吁，就像后面有人在追赶，又像电影中的红发罗拉，只要跑得够快，就有救下情人的希望。其实也不知道为什么要跑，为什么慢慢走就不行呢？仿佛是痛恨生病的不是自己，于是要把自己也折磨一番，最好折磨得面无人色、精疲力竭，心里才能痛快一点。

……三十多岁的短发女医生在表上写道，病因：肠梗阻。其实事后想起来，根本不是肠梗阻，没有一条症状是肠梗阻。而之后医院也只是给他断食断水，输消炎药和氨基酸。

说，先住一个星期吧。

我遂跟在护士身后，送他去了病房。

……之后的事情，如今我竟然什么也不记得了，就像磁带里有一块被抹掉，成了空白。我是怎么度过那一星期的呢？问他，他便给我讲，不记得了吗？第二天我就几乎全好啦，可是大夫死活不让出院，晚上也不让回家睡，你还跟大夫争起来……后来咱们到医院废弃的空楼楼顶去探险……每天中午你骑车给我送饭。第三天我就跟你偷偷骑车回家……

我听得恍恍惚惚，像听别人讲自己的梦境。据说大脑会有一种保护机制，会在潜意识中删除掉不愉快的记忆。这种遗忘，大概就是自我保护吧？

3

去年夏天,他吃西瓜和雪糕伤到肠胃,有慢性胃炎的迹象。吃西药,似乎是治标不治本。总觉得心中不安,我建议,要不要再吃一段中药?

于是,到附近的社区医院去碰运气,挂"专家号"。

负责专家门诊的医生姓陈,四十余岁,面白,无须,略有谢顶,但剩下来的头发都根根黑亮,尽职地表示主人的健康。医生这行当不像理发师,理发师的发型糟糕,只能说明他同事手艺不佳,而如果医生自己脸色灰暗头发枯黄,还怎么好意思给病人开方子(他们大概也知道,病人进来后会下意识地打量他们的面孔气色)?多老的老中医,都该是鹤发童颜的才对,他们的身体脸蛋就是自己的广告牌。

——不过,话也不能说死了。古龙小说里有"病大夫",美剧里有瘸腿还嗑药成瘾的豪斯医生。都是不够健康的神医。

陈大夫的办公桌上有一大盆瑞香,占了半个桌子的面积。花盆里堆积着厚厚一层茶叶梗。叶片茂盛,枝丫横生竖立,可谓粗头乱服,不具国色。看叶子的边沿是"金边瑞香",可惜不知道是不是剩茶浇多了,金边黄得发焦,成了隔夜茶水色。每次他要打喷嚏的时候,就赶紧起身开窗,把喷嚏打到窗外去,然后再双手扶腰,拇指朝前,虎口卡在腰眼上,看一会儿瑞香叶子。

小薛第一次去看病,陈大夫切脉切了一阵,看他一眼,说,唉,你的脸可真黑啊。

这叫什么话?小薛支吾答道,我天生皮肤黑……大夫却已经收回手,慢悠悠地开始在电脑上开方子,说,没事,小病,这是胃寒的症状,吃几副药,把脸吃白了,就好啦。

回家之后,我问他,"脸吃白了"是什么意思?吃到多白算是白?是牙膏那么白还是墙皮那么白?……

第二次再去,他颇自豪地说,看,脸变白了吧!

后来发现这句是他的口头禅,就像他独门武功的起手式一样,几乎跟每个病人都说这一句:把脸吃白了,就好啦。若刚好有小薛等在诊室里,他还会一指,说,瞧那个小伙子,刚来的时候脸可黑了,现在这不白多了吗?

另一个独门招式是:少喝水。

他有一个理论,好多病都是喝水过多造成的。曰:现在我坐诊一天,十有八九的人,是没管住嘴,这里面又有一半的人是没管住水。水喝多了就得病了,本来有病的就加重了,口腔溃疡,皮肤病,肠胃病,激素过剩,肾病,心脑血管疾病……电视上号召什么一天八杯水,胡说八道!

有个病人说自己莫名其妙得了高血压、心脏病,他便激昂起来,说道,这就是水喝多了闹的!人体嘛,像一辆汽车,血液就是汽油，不断地往油箱里加水，你看熄火不熄火！等那人走了，他向室内其余病人说，这人现在虽然还没大碍，再走几公里，有可能真会熄火。言讫摇头，大有扁鹊叹蔡桓公之态。

陈大夫特别爱听病人们说别的医院和医生的坏话。比如，有几个病人议论大医院的疗效其实比社区医院强不了多少，除了药费贵。他一边开方子，一边注意听着，最后补充说，没错，他们也就挣点仪器钱嘛，全是机器在给人看病。

小薛投其所好，说自己只是着凉肚子疼，医院一定说是肠梗阻，硬按着住了一周医院，花掉了五六千块钱。老陈笑声朗朗，道，没错，他们也就是要挣住院费嘛，你那时要是到我这里来看，两服药下去，什么事儿也没有。

有个老太太诉苦说，去看西医，治了很久，不见好。他面露一种"那就对了"的笑意，说，没错，你这个病不是西医能看好的。

——有很多病他都这么说，带状疱疹，各种慢性病，各种皮肤病，都是西医无能为力的。

据候诊的退休中年妇女和老太太们说，她们每年医保报销上限是两万块，用不完就废了。因此一到年末，陈大夫的诊室人满为患，最后两个月不得不限制挂号，一天只出70个号，上午挂上的号，要排队到下午才能看得上。每天忙得无暇喝水，不过他始终不急。老太太们也不急，像在沙龙里一样惬意，大家聊得热火朝天。到底是来看什么病呢？大夫啊，我腰疼，膝盖疼，头有点晕……总之，剩余的医保钱不能不用完啊。

而春节过来，小薛再去看病，发现医院就像要倒闭似的，挂号大厅空无一人，诊室门可罗雀。陈大夫以手托腮，正专心打电脑游戏，"植物大战僵尸"。说，稍等一下，我把这一关打完。又问，你在家玩这个么？我有一种阵形，可厉害了，每关都是一次过。说到年前病人太多，他嘿嘿一笑，都是没病来看病的，北京人太娇贵。

他是山西人。不晓得怎么迁来北京的。他父亲也是老中医，在同仁堂当专家坐诊。某日，一个中年男人上门来，说是陈大夫的父亲要他来，那边不能用医保报销，老大夫便让他拿着方子到这个社区医院来找自己的儿子抓药。给病人想法省钱，也算"医者父母心"的表现吧。不久后，小薛又遇到了那位中年人几次，他不再去同仁堂，彻底"皈依"了小陈，大概觉得老子不如儿子。父亲的生意被儿子抢了。

说到"父母心"，陈确实是个心眼很好的大夫，遇到病重的病人，他会叮嘱，不要让医院代煎，拿回去自己煎，医院煎不好的。有的老太太来晚了，挂不上号，他这样教她，你去楼上办公室让他们给加号，就说你是东北来的，专程坐飞机来看病，如果看不上就要再多住一个周末。老太太照此办理，果然得到了一个加号。她很感激，说，大夫，下回我从老家给你带点特产来。老陈不抬头地说，嗯，以后再说。

遇到忧心忡忡的病人，老陈会祭出一个更重的病例来安慰他。有一位得了皮肤病的,他安慰道,我上大学的时候,暑假社会实践,跟着我父亲坐诊,有一个人得了皮肤病,满头都起了包,还在流脓,一个头肿到两个头那么大,最后还不是治好了。你这比那位还差得远,吃几服药就好了!

连一位自称患了抑郁症的病人也来他这里看,诉说心情郁闷,浑身不适,他说,你这不算严重啦,有的抑郁病人一来了就连哭带喊,说地球要毁灭了又不知道怎么逃跑。他那都能治,你就安心吃药吧!

他也有严厉的时候。某个病人没带够钱,老陈说,我给你少开一服。病人说,懒得再跑来一天了,要不,每服药少开几味吧。他冷笑道,你以为我开的是八宝粥?想少一味就少一味?

他时或有古怪言论。比如说到自己的身体,他跟小薛说他肚皮上长了一块白癜风:我给自己开了一个月药,就治得差不多了,不过为什么会得这个病呢?可能因为那天我在街边吃了一次麻辣烫,中毒了。麻辣烫那么好吃,我就觉得它里面肯定有问题!……

如是半年多。

终于还是在"似乎完全痊愈了"的情况下,不再去见陈大夫。

我多次严肃命令他:以后再也、再也不要让我跟医生和医院发生关系,听到没有?你必须像铁杠铃一样结实,只有我有生病的资格,只有我,听到没有!

他眨眼,再眨眼:跟医生发生关系,也并不坏呀,你看陈大夫给咱的生活增添多少欢乐!如果你承认,其实看医生也是一种乐趣……

嘘

嘘，别出声。原谅我的目光像游标卡尺似的年复一年量度你。别说话，说话你就没有那么美了。吻我，持续不断地吻我就足够了。像夜晚搂抱大地一样抱住我，直到所有小麦和葡萄融化成酒浆。让亲吻像夏夜暴雨一样把我淋得湿透，渗透肉体的经纬。别说话，别说那些游絮落英一样的话，就让它们留在舌尖。把喉管借给云雀和远方的海岸。只要指尖轻轻触摸身子，就像八音盒的梳齿碰着滚轴，音乐自己会潺潺流动出来。嗓音和言语必须与脸肌的调度，眼波的顾盼绝对一致，不然就毁了——这太难，我们做不到。所以别说话，吻我就行了。

改 歌 词

我小时候哇,特别聪明。某个晚上,我这么跟他说。好多歌词,我当时虽然年纪小,但一听就觉得有问题,比如说那首"一把火":

你就像那冬天里的一把火!
熊熊火焰温暖了我的心窝!
每次当你悄悄走近我身边,
火光,照亮了我!
你的大眼睛　明亮又闪烁,
仿佛天上星　最亮的一颗!

他:这首歌怎么了?
你看——你的大眼睛,就像天上星最亮的一颗。可是人明明有两只眼睛啊!按照费公所唱,他的这个心上人的长相,有三种可能。

我随手拿张纸画给他看：

第一种，这姑娘只有一个眼睛像星星，另一个，也就是普通人眼。

第二种，这姑娘有一个眼睛坏掉了。海盗范儿。

第三种，这姑娘只有一个眼睛。跟奥德修斯遇到的独眼巨人

是一伙的。

他看着我的画作，被这几个姑娘吓住了，小声道，那么……你小时有没有想过怎么改歌词?

我得意洋洋道，当然！如果说"最明亮的两颗"，不好听。如果改成"最明亮的一双"，跟"明亮又闪烁"又不押韵了。幼年的我认为应该改成这样：你的大眼睛，汪着两泡水，仿佛天上星，最亮的一对！……

他沉吟半晌，断然道，还是独眼那个歌词好一些！

忽 醒

那天夜里，蓦然醒来。大概是凌晨三四点钟。

眼睛张开了，人还没醒彻底。窗外微弱的光透过帘子渗进来。一只手，他的手，正抚在我的脸颊上。掌心托住下巴，五指齐并，轻轻地，缓缓地摩蹭。

借着那点光望去，他脸庞还隐在黑暗里，只有一对眼，晶亮如星，定定地凝视。没有笑意，不是戏谑。

我身子还在沉睡，魇住似的，一根手指也不能动，只是努力睁着眼看他，看清他眼中从未有过的神思、眷恋和怜惜。

这太不像平日那个他。好像是久已失落了记忆，又乍相逢，很多情思纠缠，一时俱想不起，又割舍不下。然又觉得似乎结发至今，两鬓霜雪，已是数十载光阴与共，三千里山河相随。

那只手，捧住我腮与颊的手，曾是剪烛西窗下，曾是簪花入云鬟，曾是涉江采芙蓉，是打碎两处泥胎又和水塑起，每条纹理都摸索背熟，没料到它可以这样无限无限，温柔温柔，心头心头。

一时迷离惝恍，此身不知究在何处。不是五湖舟中范蠡与夷光，不是沈园春色唐氏和陆郎。来日并非大难，暂别虽近在眉睫，重聚却亦可期。为什么平凡的这一个夜里，会忽然这样抚颊相看，缱绻悱恻。

不知道跟他对望了多久，我又一动不动地，昏沉沉掉回梦里。

早晨起床，一切如旧，打开窗户，晨光迎人。叠被子洗漱吃早饭读书，没人提起那一幕。依旧是不停斗嘴、佯怒、笑嗔……

两天之后我才忽然想起，问他：前两天夜里是不是你醒了，然后……

他淡淡说道，是啊。

我不知该说什么。就像不知该如何讲出漫漶了的一个梦。

半晌才问，我睡着的时候是什么样子的？

他说，一点声音也没有，很可爱，就像一只小白猫。

第三章

耳朵之末,嘴唇之初

我在这座森林越走越深了,边走边在身后撒下这些碎片。
它们是徒劳的面包屑。等我到达你的糖果屋,
就请你囚禁并饱餐我吧。

在你的耳与我的唇之间

情书或可自成体裁，《少年维特之烦恼》，但丁《新生》，夏加尔《生日》，科柯施卡《风中的新娘》，柴可夫斯基献给梅克夫人的《第四交响曲》，"在那遥远的地方有位好姑娘"，统统都该算进这个体裁之中。它真是一种奇异的语文，作者设定的读者只有人世间唯一的一位。有没有人在写情书时，就在想着拿出去发表给别人看？那他的情书肯定写不好。

年头再推远一点，我也曾给别的男孩写过情书，内容无非是剖心证胆，感谢陪伴，并祈求多施与一些爱怜。他们是否曾被感动？现在我只记得写信时候自己的感动了。后来在某本书中读到这么一段话：哪怕当时出现的不是你，我仍旧会爱，在真正成熟的年龄到来之前，会爱了又爱，但自从受了你那双眼睛的魔咒，我再也没爱过别人……

几年前，刚与薛君燃起热情，就不得不承受空间上的分离。运气不好时几个月也难见面。福克纳《野棕榈》里的女人夏洛特态度强硬地说:"必须一直度蜜月,持续不断,长久,永远,直到我们之中一人死去。不能有任何别的活法,不管它是上天堂或是进地狱。"我对恋爱也秉持这种态度,分离的痛苦可想而知。不久,我也走上了情书作者们的老路,书包里总带着一沓分为红黄蓝绿几色的纸条,走到哪儿写到哪儿。情绪不好的时候用蓝纸,情绪平和时用绿纸,要诉说密语时用黄纸,心情最佳时用红纸。有时还把当天的穿着、午晚的食物画在纸上。他告诉我他收到这些字条之后,把它们倒在一只铁皮巧克力盒子里,按颜色排列整齐,一天只舍得拿出一枚来读。为使他的精神粮食不至匮乏,我就更加努力地炮制编写。

情书像是一种永动机,它能自己滋养自己。又像火上的锅里倒进了油,油被火烤热了,又泼进火里。相思之际,写情书能不能慰藉心灵?根本不能,它只能让寂寞和思念火上浇油。不过那种宣泄的快感,可以当作止痛片服用。

国人中写情书出名的徐志摩说,我没有别的天才,就是爱;没有别的能耐,只是爱。

当然他不止这一项能耐!但任何人写情书的时候,大概都会这样感受吧?整个肉体被分解做一块一块的柴薪,成为情书的燃料。奋笔疾书之时,几乎能听见头发在白热中炙烤,滋滋卷曲起来的声音。

整理房间,偶尔从旧物箱里找到当年寄给薛君的大信封,忍不住逐个把各色小纸条拆开来看，看得骇笑。我的天，那时可真幼稚啊，爱得可真狂热啊！

开始稳定的共同生活之后，某天他忽然咕哝：咦，你好久没写情书给我了……

彼时正在给他洗衬衣，洗得浑身出汗，把衬衣从搓衣板上拎起来一亮，道：这就是我今天写给你的情书！

爱就像走不出去的黑森林。情书只能是身后无能为力的面包屑。等我到达你的糖果屋，就请你囚禁我，并饱餐我吧。

一

薛：

今天，有雨。雨天宜读诗，于是把几本诗集拿出来读。聂鲁达，洛尔迦，阿多尼斯，兰波，特朗斯特罗姆……诗人们的相貌普遍很美好，比小说家要好。

人喜欢某些东西，应该是有时限和年龄条件的吧？爸爸说他不到二十岁时看红楼梦，读得荡气回肠，痴迷不已，可惜那时他正在上山下乡，从别的知青手中借到的那本，缺了后面小半部分。待到成家之后买了人民文学版的，却总也提不起兴趣去补看了。

几年前，我还不太喜欢翻译过来的诗，这全怪聂鲁达！小时家里有一本《聂鲁达诗选》,我第一次翻开,时年九岁,第二页就看到如下词句:"女人的肉体,雪白的山丘!雪白的大腿!……我粗犷的农夫的肉身掘入你……啊!乳房的酒杯!啊!阴户的玫瑰!……"以一双小学生的眼睛看到这种句子,只觉头晕目眩,既鄙薄又厌恶,立即把那书塞到箱子底去。不仅讨厌这个姓聂的,连带洋诗歌也都一气讨厌上了,哼,这个洋鲁达,还不如真正的鲁智深品位高雅呢。

后来热情高涨地学诗学词,幼稚地认为我上国骚客万千,清新庾开府,俊逸鲍参军,仙圣佛鬼,无所不有,光一个唐的诗就够看了,初盛中晚,各有各的好处。再加上石谷放翁,诚斋石湖……

再说,还有余光中洛夫郑愁予呢。

那时还认为诗是没法译的——"诗歌就是在翻译过程中丢掉的东西"。又有王小波道:有的译者硬是把好好的诗译成二人转。于是想,既然还没学通德语法语西班牙语,那就暂时不要读译诗吧。

好在后来逐渐想通:就算是竹篮打水,至少还剩下一点润泽……而且,很多诗人的译笔,还是好的。

据说,喜爱读诗的人,百分之六十是正在热恋之中。

今天又读了一遍《一百首献给玛蒂尔德的十四行诗》。玛蒂尔德,多好的名字。拉丁美洲歌手,红发女郎,幸运的女人。如莎士比亚言,诗句赋予她永生。聂鲁达与她相爱时身边另有太太(你一定觉得这是德行有亏)。于是她像影子一样跟随着他们,在他们居所的附近悄悄住下来，等待幽会，等待临幸。当然，她最后获得了婚姻的奖赏。

我原本觉得诗人一定要写情诗。其实这太狭隘了。诗是要谈情，但这情不该只献给女人（或男人，比如莎士比亚之于他的资助人南安普顿伯爵）。闻一多："诗人主要的天赋是爱，爱他的祖国，爱他的人民……"但是，那百分之六十的热恋中的读者，还是更渴望读到情诗啊。

作为诗人妻子的生活，会是怎样的？他写诗给她，是抄在玫红小笺上，搁在她清晨的雪白枕边吗？她是慵懒地坐起来、嘴角噙着笑，走到窗边去读的吗？那些诗句可是孳乳自月光下的欢爱，最终又化作更酣畅的欢爱了吗？……

抄几段给你。许多诗人的诗句在笔记本里混成一片，一时分不清了。

> 爱人，到达一个吻的道路是多么漫长！
> 通往做你的情侣的旅途又是多么寂寞！
> 我们在雨中沿着一些足迹踽踽独行。
> 在塔尔既没有黎明也没有春天。

> 当我把眼睛沉入你的眼睛
> 我瞥见幽深的黎明

我看到古老的昨天

看到我不能领悟的一切

我感到宇宙正在流动

在你的眼睛和我之间

因为我爱你，我爱你，我的爱，

在孩子们玩耍的阁楼上，

在微温的午后的语声里，

梦见匈牙利古老的光，

在你前额的幽静里，

观看羊群和彩虹。

夜转动它隐形的轮轴，

你在我的身旁纯净一如熟睡的琥珀。

亲爱的，没有别人会在我梦中安睡

你将离去，我们将一同离去，跨过时间的海洋。

  我曾多么希望有一个可以为我写下"当你老去"这样诗句的爱人。可是，似乎现在轮到我来做那个角色……好吧，我愿为你写下拙劣的诗，不单为你，也为我自己。

天
丁亥年乙巳月庚戌日

二

薛：

今天，多云。很想你，宝贝。

这世间上亿对情侣，像一条河里的水滴、一座森林的树叶一样多。不知道有多少人被爱人叫做"宝贝"。

而你，也是"百万宝贝"中的一个。

娇痴不怕人猜，和衣睡倒郎怀。在你面前，我可以尽情叫喊，尽情做出各种可笑古怪模样，也不会怕你不喜欢。那是一种奇妙的痛快。没有人见过那样的我。那个一半女人一半儿童的小怪物，只为你存在。她是滋生在你胸口的、幸福的幻影。

我不需要朋友。我不需要物质和精神。我不需要这世界。我只要躲进你的眼睛，万事俱备。是进可攻退可守的坚牢城池，是可以随意逆转反跳的恣意时空，是可以让我日夜载沉载浮的广大乾坤。宇宙在你之外，你是更大的宇宙，比无垠更无垠。

而我在其中。我是唯一的居民，是市长，是全体议员，是女王和太妃，是耶和华与宙斯。

你是我的。我的。唯一的我的,我的唯一的,宝贝。

　　　　　　　　　　　　　　　天

　　　　　丁亥年己酉月己酉日

三

薛:

昨天在看黄仲则的《两当轩集》,看到很好的诗句:

　　狂时常倚三分酒,别后谁消百丈愁。
　　常得珠玉满怀抱,但有冰霜不上头。

因为没有笺校,不知道黄这样的诗句是写给谁的。我宁愿这样理解:如果有心爱的人常在怀抱之中,纵有岁月的冰霜也不会染白头发。

抱着你的感觉,就像抱着最珍贵的生命财富。

有时,想象另一个平行宇宙之中的我,是不是跟你错过了,没有相识,或者相识了却错过了,没有做成情人。

那个我,是不是还在跟别的心思暧昧、眼神混浊的男人纠缠?是不是还陷落在没有希望的虚幻的恋情之中?是不是看过爱情电影之后会悲凉？是不是仍对余生心怀未知的恐惧？

其实夫妻生活是很复杂很细致的事。很多很多的细节，小到挤牙膏是从后面还是从中间、吃饭是不是端起碗、回家之后会不会穿着在外面的衣服直接坐在干净的床单上……犹如两只有着密齿的齿轮，要每一根细齿都恰恰啮合，才能一直顺畅地转下去。

所谓的爱情，只是几滴润滑剂。太多的不啮合，迟早会停转；或者不可救地磨损，直至出事故。

找伴侣，不过是找一只最合适的齿轮。异日出问题的倒是那些最浅显的地方：不是不爱得天雷地火，不是灵魂不能擦出火花，是她总把菜做得太淡没法，是他的袜子和球鞋太臭；是她不爱洗碗洗杯子，是他吃饭米粒掉一桌子；是她做饭时候切生肉的案板不洗洗又直接切菜，是他打呼噜又口臭……这日子没法过了，离婚吧。

幸好我和你这两只齿轮，一直贴合地旋转着，运行着。

年末将至。世界人民的节日和我们的节日争抢着来到：圣诞节，定情纪念日，元旦，你的生日。我的陛下，我的主人，下旨让微臣返京吧，让奴婢回去服侍你吧。

如果不在你身边，全世界的烟花一齐绽放，也不过是让我更寂寞——这句话怎么有点像恶俗的爱情小说了?

天
丁亥年壬子月癸未日

四

薛:

昨天读明代冯梦龙的《挂枝儿》,都是当时的小调,也就是流行歌曲,有很多非常旖旎动人的,比如这一首《牛女》,很像我与你的情景:

闷来时,独自在星月下过。猛抬头,看见了一条天河,牛郎织女俱在两边坐。南无阿弥陀佛,那星宿也犯着孤。星宿儿也不得成双也,何况他与我。

还有写相思的:

正三更,做一梦,团圆得有兴。千般恩,万般爱,搂抱着亲亲。猛然间惊醒了,教我神魂不定。梦中的人儿不见了,我还向梦中去寻。嘱咐我梦中的人儿也,千万在梦中等一等。

又如偷情的:

> 俏冤家扯奴在窗儿外。一口咬住奴香腮,双手就解香罗带。哥哥等一等,只怕有人来。再一会儿无人也,裤带儿随你解。

这回回到你身边,只住了六天。总忍不住神经质地去看手表,看时间。你不知道,每一小时过去,我都是暗暗心惊。

其实总想象一见了你,要像电影里那样扑上去抱住,亲吻你。可是每一次都还是做不到。反而是在车站都垂头不大敢看你,跟你回家,回到蜗居,终于可以转身抱你,探手摸到你衣服下面细长柔韧的腰肢,才能真切地感受到是回到你身边了。

总是只争朝夕。所以不舍得你离开我哪怕两个小时去打球。原谅我,我并不是不想给你更多自由空间,只是这几天的时间太少太珍贵。

你再送我去车站。离别。都数不清有多少次了——在B城,在T城,在E城,在C城,在Z城,每一个车站都曾经这样痛苦地告别。

每一次,距离去车站还有五六个小时,我的生理上就有了反应:头昏沉沉的,腿隐隐地发软,胃里好像堵着块大石,不想吃也不想喝,好像是大病将至,又像是在劫难逃,那样的末日感。

每次从你身边离开,都像是末日了一回。

每次都要掉好多眼泪，总是忍不住，其实理智上是不想哭，可是身体不同意，一定要倾泻出一些水分，才过得去。火车将开还未开的那个时刻，最难熬过。那是痛苦的极限点，是抛物线的最低值。

所以我有点粗暴地催你快快下车离开。我已经快忍不住要号啕了。

后来你告诉我，其实你没有立刻下车，而是偷偷跟着我，远远看我拖着行李换到另一个车厢去。我听你这样说的时候，心里又是甜蜜，又是哀伤。

什么时候，什么时候，能够再也、再也、再也不告别，不分开？

这将是我永远的、第一句祷辞，和所有许愿时刻的第一个愿望。

天

戊子年甲寅月丁丑日

五

薛：

很多事情，大概是事后想起来才会知道滋味。

回到G城，一直把刚刚度过的几天想了一遍又一遍。逐渐黯淡下去的黄昏暮色里，在人潮汹涌的广场，孩子们嬉闹，年轻人大声说笑，一切物体的轮廓逐渐迷离而去。我和你在一个角落里坐着，隔过那么多想念你的白天晚上，终于能把头靠在你手臂上。

所以，那时候我忽然觉得嗓子有点痒，很想继续唱下去。这可以解释为什么少数民族的姑娘少年调情时候都喜欢对歌，心里很欢喜、很欢喜的时候，是像有些声音要从喉咙里往外冲。后来我开始给你唱"如果没有遇见你"。广场很吵，没人听得到，所以我很胆大地大声唱，当然，只要在你旁边，我觉得我自己就会有点失控，觉得世界上所有的规矩和"害羞"这两个字，自动放假消失了。

当时只道是寻常。

这个论文写不下去的下午，忽然想起来，居然眉心一酸，差一点哭了出来。

天

戊子年乙卯月庚戌日

六

薛：

昨晚朝右侧向睡觉的时候，极力想把手臂伸展出去，宿舍的单人床就那么窄，宽度不够这个姿势，手臂伸出去，手腕就顶在墙上，只好把枕头再往外挪，再挪。忽然想起：以前好像没有这个一定要把胳膊伸出去的毛病啊？

这才猛省：是跟你住在一起之后才养成的习惯。你喜欢仰面睡，为了竭尽全力贴紧你，我总侧卧在你身边，手臂伸展到你颈子下面，长度刚好等于你的肩宽，刚好足够搂住你那一边肩头。剩下的一只手搁在你的小腹上，两条腿也尽量缠绕在你腿上。若从上面看下来，可能像一棵藤蔓植物绕在一棵树上吧？

同居的断断续续的时间里，每日两次睡眠，每年数百日，都是这样睡。成了习惯。现在你不在身边，这一只手臂空荡荡的，却已经改正不过来，一定要伸出去了。

记得妈妈跟我说：我小时候在她身边睡，她侧卧着，面向我，一只手臂架在我身子上空，防备着睡眠中地震，屋顶会掉下来砸着我。后来我不再是在她怀中睡觉的小婴儿，她架起胳膊睡觉的习惯却一直那样留下来。

为了爱着的人,会渐渐增添许多为他订做的习惯。逐渐的,身体成为按照他的喜好和形状改造过的另一具新身体。所谓"爱情令人重生",这也能算作其中一项解释吧?

(你要我不再用门牙嗑瓜子,我现在就真的习惯用犬齿吃瓜子了,而且速度一点也不减。)

薛,我的手臂很想你。这条在睡觉时候伸出去的手臂,是专门为你订做的。

天

戊子年丙辰月戊子日

七

薛:
雨下了一天,大朵大朵的灰云低低压在楼顶。在空中抓一把,掌心就一洼水。从雨里走回来,白鞋子全湿了,长裙下摆溅上了泥点。暮色里,杯中的百合花已经快枯了,还是坚持雪白着幽香着,一转身,胸口就蹭上了金黄的花粉。

这些天回想起那天的事情,一直觉得对不住你。
我惹你生气。还惹你哭啦。

那个昏天黑地的下午，我捧起你的脸来，发现你的眼睛里有泪光。有如五雷轰顶。我几乎一下就失声哭出来。额头顶着你的额头，两只手扶着你的颈子往下滑，在你后背上惊惶地划来划去，不知道怎么抱你才好。

不知道怎么抱你，才能让你不流泪。最后把你的头搂在胸口上，浑身颤抖。

那种惊惶，以前从来没有经历过，那是生命的根基动摇的感觉。

我经常哭，看电影看小说都会哭。可是你从来不哭。那么无忧无虑的你，总是高高兴兴的。我总说你的眼睛好像是万里无云的晴空——内蒙高原的晴空。而让这天空落雨的竟是我。

突然惊觉：这不就是"抱头痛哭"吗？以前总也不明白为什么是"抱头"，两个人互相安慰，不应当是抱在肩膀或者腰上吗？真的在那情境里才知道，创造这词的人，一定是心疼如割，把流泪的脸紧紧抱在了胸前。

爱你到这样的程度：是生命的根基和土壤，我若有些微伤害你，其实伤害的是我自己。

我保证，以后再也不会让眼泪这样东西，出现在你的眼睛里了。

现在脑中一直翻滚你那巧克力色的胴体,平坦的小腹和笔直修长的腿,想用手臂测量它们的周长,想用嘴唇测量它们的表面积。这样爱你,想念你。

　　　　　　　　　　　　　　　　天

　　戊子年丁巳月甲寅日

八

薛:

昨天读郭英德的明清小说论,评《红楼梦》,在脂评本第二十九回中写到林黛玉嫉妒时,绮园眉批有两句诗:"未形猜妒情犹浅,肯露娇嗔爱始真。"

这是说,当爱情没有猜疑妒忌的时候还是肤浅的,一旦有了排他性:开始拷问以前的情史,这时爱情就真了。林黛玉就是这样的:在她和宝玉爱情的第二阶段(这是郭先生的总结)经常躲在屋里茶饭不思,没说几句就哭得红头涨脸铰荷包,宝玉也头疼得很。

"真了"的爱情还真是非比等闲,开始要命了。

我忍不住开始回想:"猜妒",你为我,有过没有?我为你,有没有?

啊,竟然一次也没有。

两地分居,不知有多少人说,你要小心啊!你真的相信他?

我不止一次地说，我真的信任他。

至于我……少有的几次艳遇，忙不迭地得意扬扬去告诉你。你也只是一笑。

跟你在一起的时候，一句半句说到从前的事情，自己也愣一愣：那都遥远得像已经隔了一个侏罗纪了——像是从这天地一片混沌、海水还在苍穹之下寂寞汹涌的时候，和你已经这样在一起了。

身边人世更迭，冰雪成灾，大地崩坼，不过只要还有一片摆稳的屋檐，就可安稳地怀抱你睡去。太平世界，个人的兵荒马乱不过是些错失爱，怨生嗔，恨离别。然后，不知不觉就是一生一世。然后便可平平静静，生同衾，死同穴。

天

戊子年戊午月丁酉日

九

薛：

记得吗？每晚睡觉时，你刚坐到床边，就忍不住从后面扑上去抱着你后背，连躺下都等不及了似的。

站在你身后，总想手臂一张搂上去。你坐着，就总想吻你的后颈。每一天，都是这样。

你出门的时候，就竖着耳朵，听楼梯上的响动。有时跑到门前，呼地拉开门，却不是你，是隔壁大叔，他被我吓到了，手里拿着门钥匙僵住，瞪大眼睛盯着我。

此即柳永之"误几回，天际识归舟"。

你回来的时候，轻轻敲一下门，我连鞋都来不及穿，就冲去开门。你站在门外的黑暗里，脸被门里的灯光照亮，高高兴兴地说："咦，这不是你吗？"

每天小别后的重逢，都像终于偶遇似的惊喜——哪怕只是夜间起床去卫生间这样的"别离"。

连一次眨眼，都像是一次别离。

真想把想说的话都说尽，说很多很多遍，说很大很大声，胸口仍是满胀的。

我的心，它日夜不休地造出绵绵不断的爱的货币，那种只能在我与你的国度里流通的货币。

我把它们存着，等到回国的那一天，好尽情地挥霍。我要向你买一万个亲吻和一万个拥抱。

天

戊子年己未月丙辰日

十

薛：

以下是我在笔记本上记录下来的，关于你的事情。

1. 换我心，为你心，始知相忆深

那是第十几次离你而去？聚少离多地过完了第三个秋天。我早已严禁你站在窗外目送列车开动，那一回我觉得有把握不再在满车厢人的讶异注视下呜咽了——镇定地挥手，目送你消失，镇定地在座位上四顾，镇定地掏出mp3听音乐。须臾，手机在口袋里震动，镇定地掏出手机。是你上了回家的公车之后发来的信息：

"我真不想回去，那间屋子已经不再有你了。"

揣想你写这句话时的情味，一时五内如沸。

很少猜度你有多爱我。对于我来说，我给你，你欣然接受，这已足够欢愉。揣摩自己的付出是不是得到满意的回应，那是我不屑做的。但这一句话，仿佛是能顺着它慢慢走回你心里，然后借着你的眼转身遥望自己。

"换我心，为你心，始知相忆深。"

一刹那强作的镇定有如黄鹤之杳，眼泪再一次顺着旧路欢快奔涌而下。

我又被诧异的目光包围了……

我总是觉得自己很能控制感情，不容易慌张；我平时算是吝啬热情的人；我向谢安"小儿辈已破贼"的境界努力修炼。可是在给你拨电话的时候，我常拨错号，手指微颤，乱了秩序；打通电话，就不知不觉换了另一副嗓音，又不知不觉边说话边做鬼脸仿佛你能看到，有时身子会激动得轻轻抖着；看书的时候，偶尔趴在书桌上静静地、仔细地想念你，会猛地鼻腔一辣，眼眶涨潮——这些，都是你不知道的。

一旦与你发生联系的我，就变得连我自己都觉得陌生。

你会永远令我为你浑身颤抖、慌张无措么？我真好奇。好吧，咱们走着瞧。

2. 是妾愁成瘦，非君重细腰

有一次回到你身边，洗好了澡，安静地躺下来，让你一寸一寸验明正身。

你说：腰变细了呀。

我：男人不都喜欢细腰吗？

你：本来已经很好了，不要再瘦了。

我：不是特意要饿瘦的。只是很想你，觉得自己吃饭很没意思，然后不知不觉地就瘦了……

后来想起，这不就是齐梁时王僧孺那句诗的白话版吗："是妾愁成瘦，非君重细腰。"

3. 想闻欢唤声，虚应空中诺

晚上从图书馆踏着月光回宿舍的时候，假装你就鲜嫩温热地走在我旁边，想象抬头45度角就能看到你眼睛里的星群；想象一扬手就能抱住我最喜欢的细腰；以及，想象你喊我的声音从头顶传来。然后轻轻地、高高兴兴地答应："哎！"

这就像是一千五百多年前某个女人唱出的歌：

"夜长不得眠，明月何灼灼。想闻欢唤声，虚应空中诺。"

4. 只恨当时形影密，不关今朝别离轻

曾经这样想：如果可以收敛一点矜持一点，如果不是不防备地让你恣意在我灵魂里刻画——或许分隔之时就没那么难受。

这又似乎合了王国维一首《浣溪沙》中一句："只恨当时形影密，不关今朝别离轻。"

有人问一个酒鬼：

——你为什么喝那么多酒？

——因为我醉了？

——你为什么醉了？

——因为我喝了很多酒。

我之于你，庶几相似：

——你为什么爱他那么多？

——因为我醉了。

——你为什么醉了？

——因为，我爱他太多了。

5. 一夜白头

三年。其实只不过三年。还有十几天整三年。生命里与你重叠的光阴，只有这么些，摊开来盖不满手掌。我时常为这个寒酸的数字感到羞愧。我们还没进过婚姻和岁月的考场，没得到文凭。当有人轻蔑地说这不过是年少轻狂，只是一时激情，我理屈词穷，我拿不出任何证据证明我的真挚和忠贞。我真恨这一点。

我没有从一场必死的绝症中因你的佑护奇迹般康复，我没有在一场翻覆天地的战争中等你从硝烟中归来，我没有与你在国家的沦陷中失散，然后走遍天涯海角去找你。这是个没有传奇、没有"倾城之恋"和"漫长婚约"的年代。

连最容易得到的"婚龄",我都还没得到。再怎么爱你,不耐下心过日子,还是拿不着铜婚银婚金婚奖状。

为什么二十多年前,你没有在那间妇产科医院里等待?为什么你没在产床边听我的第一声啼哭?——如果你在那儿,你可以从那天就开始爱我,我可以从懵懂之时就熟稔你的目光,那么现在我就能自豪地说:我的爱与我的生命一样长。

这人世多危险!我害怕衰老,但不得不承认,衰老能附送一件最美好的事:白头偕老。头顶的银丝闪耀和面孔上的辐辏纵横,是婚姻和爱情的勋章。

为你,我时常有恨不得一夜白头的心情。

6. 小妹妹似线郎似针,郎呀,穿在一起不离分

那个下午的暮色之中,说起《色戒》里面销魂那一幕,王佳芝深情又绝望地给她爱人唱"家山呀北望觅知音"。那歌里有一句是我从小就喜欢的:小妹妹似线郎似针,穿在一起不离分。多好啊。不离分,只是唱一唱都让人心里欢喜。

于是,在人来人往的广场上大声唱这首歌。又像机器坏掉一样,把最后这句重复了很多很多遍,以至于你笑着来捂我的嘴。

在你指缝里,坏了的机器继续顽强播放下去:"狼牙穿在一起不离分。狼牙穿在一起不离分……"

——不离分。不离分。只有这个愿望。最唯一的,最迫切

的。我已经明白为什么几千年来人们来来回回、反反覆覆地这样叨念:"要分离,除非是天做了地"、"三愿如同梁上燕,岁岁常相见"、"恨君不似江楼月,南北东西。南北东西,只有相随无别离"。

——再没有别的要求了。

机器忽然停下,说:其实应该是小妹妹似针,郎似线。

郎问:为什么?

妹妹:因为针有一个洞嘛。

天
戊子年庚申月戊子日

十一

薛:

凌晨一点。我们的纪念日刚刚过去。

我从来不相信什么姻缘、缘分。真的。

"百年修得同船渡,千年修得共枕眠。"不过是人生太平庸,人世太平凡,日子太平淡,不得不把这点夫妻情分说得诗意一点、玄妙一点,才能振作精神,跟身边黄脸婆、肚腩汉,继续在无穷琐屑里消磨下去。

二十年，我曾有几回装成不经意地碰到同桌男生的手肘？跟多少人在黄昏的食堂里并肩坐着吃饭？在图书馆借还处，两眼亮如鹰隼的年轻人曾多少次意味深长地向我微笑？在摇摇晃晃开在村庄田野之间的公车里，我帮身旁鸭舌帽少年拾起从他臂弯滑落的书。邮局里，我把身份证借给第一回寄包裹的男孩子。我还买了电影光碟给相熟的红发理发师当新年礼物。

这些这些，那些那些，还不都是"缘分"？——如果我回应了那人的微笑，如果我答允那人让他请我吃饭，如果我不是故意给那腼腆少年错一位的电话号码。

这世界狭窄又拥挤，每天数百次地与陌生人邂逅，每年环绕身边的"缘分"数百次滋生。在这数千数百次之中，我只选了其中的一次，把它永久移植入生命。

很多很多的路都可以走得通，缘分不是唯一那条，只是最后走通那条。没有所谓注定的唯一，之所以觉得是唯一只因为只因为"现在"只有一个，眼前的总是唯一。

不知多少人在求婚或者婚礼上说："我第一眼见到你就爱上你。"真的有那么多"一眼万年"？我不信。

《Friends》里面，钱德勒问已成为他妻子的莫妮卡：你相信咱们在一起是缘分、是天生一对吗？

莫妮卡毫不犹豫地说：不信，我要很努力地维持咱们的婚姻，才能令它继续。

白头夫妻并不那么难做,少爱一点甚至更容易偕老。太多渴求,期望过高,反而会早早失望,下堂求去。如果不是遇见你,我将会是在哪里?日子过得怎么样?爱情是否甜如蜜?

——如果不是遇见你,我也许是另一人的妻,也许爱他不如爱你,不过日子应该也过得去。

好吧,现在是你,唯一的你。这几年我逐渐发现自己已经没办法接近别的异性,他们都不洁,没人及得上你。是你之后,就只能是你。

认识你的时候我二十岁。还可勉强算是少年。

金婚纪念的时候,可以这样说:我在少年时爱了我丈夫,过了这许多年后,依然像第一次亲吻他的时候一样爱他——当然,不可能一样,现在一生一世已过,我的发与他的一起褪色,我的肌体与他的一起衰颓,我比年轻时更懂得那句话的意思。

三个字的那句话。

——三年里面,把它说过多少遍?

就在这一秒,这蓝色星球上就有上亿人用数百种语言说那三个字。那么普通却又不可替代的三个字。

好吧,今天,今天再多说一次。

说了哦——

真的说了啊——

嗯，你知道是哪三个字，还是不说了。

纪念日也算是生日，是爱情的生日；生日要许愿的，我的愿望是——不敢求无风波无厄难，只愿每次灾祸来临时，一转身就能看到你的眼睛。若是楼房倒塌把我们压在下面，我也可以给你一直唱歌唱下去。

等到人世陈旧，城堡斑驳，星光疲惫，玫瑰也开腻了，我给你的爱，依然是永久牌不锈钢。

今天写得不好。乱。最好的写不出。最好的是用手指和嘴唇在你身体上写出的。很多情思，开口即非，过分矫饰又显得虚假。还是小声说了吧：我爱你。

三生梦，百年身，一往情深但付君。星沉山碎曦和死，沧海他年证此心。

刚才，蹲在宿舍门口抱着电话筒，终于跟你一起数秒数到午夜十二点。你给我写的一千字情书，让我忍不住哭了。我从未想到你心里有那样心思。原来看情书是这样滋味，柔肠百回，心如在半空荡荡悠悠地吊着。原来你每次看到我写的情书都是这样感觉。

是你的最后一句话让我落泪的——你说：我真的真的离不开

你了。

            天
       戊子年甲子月乙巳日

十二

薛：

这是我的日记里的一段：

《调音师》

  那一夜，从他坐的椅子后面探身张口咬，咬耳廓、锁骨、肩膀、肩胛，每啮一处他都发出不同的声音，有如一种巨大的乐器，我就像是调音师一样，在弦上上下找音。

  后来乐器被我调弄得不耐烦了，也要反过来咬我。我平躺、等待被咬，他跪在我身边，又扯被单盖住我的眼睛。我在黑暗里感到一点并不是害怕的惧意，格格乱笑，浑身哆嗦。

  半天等不到那一下闪电似的咬啮，我一把掀开眼上的布，道：不陪你玩了，急死人。

  他是这么一个慢性子，连咬人都慢三拍。

我不停地说：我爱你。

就像是第一天刚刚获得说这句话的权利一样。对我来说，这几个字始终有一种超过语言的力量——咒语，能在空中幻出鲜花火焰的咒语。而且要完整地、动用心口的柔情来说，才能散发魔力。

其实说出它的过程，比得到回答更愉悦。但我每次都一定要得到回答。他并不太重视这个，大概认为有点可笑（我的话恐怕有一半让他觉得幼稚可笑），有一半时候都羞涩似的随便答两个字搪塞，我则一定讨一个认真的回答，讨不到就别打算罢休。

下次，不管我说几遍，都陪我，回答我，好不好？

天

戊子年乙丑月壬戌日

十三

薛：

每个生命的方式像是自然界一种力的方式。有些人的生命像断续绵延的山脉，有些像浮云荡荡、一望无际的天空，有的是城镇熙攘的丰腴平原，有的则是暗流汹涌的无垠海洋。而你，在我的感觉里你像一口沉静的湖，我应是一脉清浅溪水，奔突出河滩，汇入你的水域，跟你一起流淌在群山环抱中，泛着迟缓慵懒的水波，影出每一团徐徐逛过的白云。

初心许时的魅惑和沉醉，我都记不大清楚了。最先几次的耳鬓厮磨、枕席相共当然震心荡魄，但我知就算那些时候，也不是单纯欢娱和恣溺。规律里必会出现的、狂欢过后的困倦和些微腻烦，从来没有过。

只因你总是清澄的。引领我入你的柔波与涟漪。在最幽微的情愫中，也是纯澈见底。

我记得你跟我在公车上逐个赏析广告牌上的美人和黑白宣传画。

我记得你品尝我每一道菜时闪闪发光的眼睛。我记得你教我三步上篮的时候张开双臂站在晴天底下的姿势。我记得你伏在我胸口沉沉睡去时身子的起伏。

我记得我把你给我买的氢气球拴在我的毛线帽上，迎着人们诧异的目光，昂首阔步走在京城的大街上。

我害怕时间收去你的纤秀腰肢，换给我臃肿的肚腩、松弛的皮肤和我抱不过来的油桶身。

我害怕时间收去你眼中纯净的晴空，换给我一双浑浊黯淡的眸子。

宝玉说女儿嫁人之前如珍珠，嫁了人渐渐变作鱼眼睛。其实少年亦如是。我真怕时间收去了我的珍珠，换给我一对鱼眼睛。

心灵的致命的仇敌，乃是时间的磨蚀。不要变，我的少年。我无比美好的少年。

唯愿人世迢遥，红尘不到，我与你的一片山坳平湖，永远清明下去。

天

己丑年丁卯月己未日

十四

薛：

你可知道，哪个时刻我最爱你？

是早晨刚醒来的时候。

刚醒过来，闹钟尚未响。室内朦胧的晨光，一夜空气未流通，屋子里有点闷，但是气味并不坏，你的体香混着沐浴露的橙子味，觉得有难言的美满。

被子窸窣作响，被面上凸起的曲线不断波动，枕边人转身，无意识似的挪过来，两面额头碰在一起。你的眼睛还没睁开，鼻翼翕动，嘴角向下弯着，仿佛还在梦里。然而你的手在被底缓缓摸索，找到我的手，指尖熟稔地穿过我的指缝，十指交握。

我的鼻尖挨擦到你脸颊，神智次第从混沌之境收回，忽然意识到：就是这人，睫毛低垂、呼吸嘶嘶声在耳边的这人，与我刚在一夜无垠梦海中失散，如今又泊岸相聚的这人，迷糊地睡着的这人，在懵懂中索要我的手指的人。

此一刻，倍觉荡气回肠。

不料，你突然猛地张大眼，笑意盈盈地盯着我。于是，那让人神魂颠倒的一刹，鸿飞杳杳。刚要再甜蜜地相拥半刻，庆祝重逢，闹钟不识趣地响声大作。长叹一口气，翻身坐起……新的一天，毕竟要开始。

天

己丑年己巳月庚申日

十五

薛：

昨夜的梦境。记下来给你看。

梦里，雨下得很大，扯天扯地的一世界。却没听到雨的声音,是一场"默雨"。我和许多人挤在屋檐下躲雨。四周所有人(他们是我的群众演员,很多人也在我的别的梦里客串过的)的目光都焦灼盯着屋檐外的雨。

此时,世界的主宰是雨水,人类只好腾出场子,闪在一旁无奈地看着它们狂欢。

我和某个人站在人群最后面,被遗落的一个温暖角落,雨的寒气都被厚厚的人肉屏风隔在外面。我站在他下梢,偷偷看他,他悠闲地袖着手,仰着头,若有所思。

我慢慢伸出手来,想摸一摸他的脸。梦里的心思,只是"摸一摸"。

(梦里的人做事情似乎不会想后果,也可能潜意识里是:反正是个梦,不必负责任,醒来就一切都结束。为何不放纵一下?)

手伸出来,又颤颤地缩下去。

再犹豫着扬起手臂,凝定在半空……

忽然,那人转身,弯腰,将他的脸孔,轻轻凑入我的掌窝之中。

他的脸颊是暖洋洋的,温热地熨着手心。

他的眼睛近在咫尺,闪闪生光,蕴含笑意。

屋檐外的雨,愈发大了。世界上所有的人,都没有察觉。

我愣怔怔地,看不清他的五官,却嗅到他迫近的体香,竟十分稔熟——啊,这不就是你的气息嘛。

他,原来就是你。

天

己丑年庚午月癸巳日

十六

薛:

今天是情人节。

在路上看到很多女孩子低头走在男孩身边,臂弯里抱着大捧花朵。可是她们的脸上居然都没有笑。昨晚,居然把情人节这事忘了,还是你提醒的。啊,我实在不怎么重视"形式感"(也没有信物。手边居然找不到一种你赠送的可以阐发出特殊意义的物什。唯一的"信物"是我自己的身体,是你最心爱的东西)。

糟糕的是,我忽然发现想不起你的脸了。

你的脸,似乎长久以无形无体的诡异的方式存在,读短信的时候,你是捏在手心里的几列文字,是让文字排列成一种有意义的次序、显示在一块带电的方寸之地的口令,如果手机也有病毒,病毒也可以任意给我假造出温存言辞,那么我会把那种病毒当成你。打电话的时候,你是一串震动——以我喜欢的独特频率震动着,把它们送进话筒,震进紧贴话筒的耳朵。耳朵的主人遂在黑夜笼罩的阳台上美目盼兮巧笑倩兮。

卫斯理小说中有一位叫游侠的人,爱上了一个始终待在黑暗中不肯露面的女人。他并不知道那女人只是一束外星球来的电波,她跟他交流的方式是以电波影响他的大脑,靠这样的力量,她能让他感觉到她的声音她的拥抱她的亲吻,甚至,感觉到他在与她做爱。

好像她只是一张碟片,在他脑中放映。

还有那个著名的实验"缸中之脑"。

愚钝如我你,焉知肉眼看到的一切——天安门城楼,大熊猫团团圆圆,和谐号列车,还有花朵、灯火、情人的微笑——不是大脑被影响而收到的幻象?

你来看花时,一时明白起来,便知花不在你的心外。

与你在一起时,我也想过这个问题,但目接手触,一切太美妙,以至于——如果是幻象,那也请一直这样放映下去吧。

幻象也会变幻:本来伸手可以摸到的,变成了手机里的字符串和电话线传过来的嗡嗡声。谁知道今天连幻象的幻象都没有了。以前的海市蜃楼呢?那些真实得像真的一样的记忆,怎么都模糊了？

今天，我实在想不起你的脸。中学时的教导主任，大学里各位教授导师，火车上邂逅的姑娘，食堂打米饭的阿姨……我的硬盘里存储了那么多不相干的人的面孔，越陌生的人记得越清楚。可是居然占空间最多的那人的脸，数字信息损坏，不能正常显示了。手边就有照片，但是那个偏偏不是你。我的手指都记得，唯独脑袋记不清楚。

那个人，我想不起面孔的那人。我紧闭双眼，为自己造一个幻象紧紧地抱住他，手指钻进衬衣下面，抚摸背脊中央狭长河谷一样的凹陷，深深地吸一口他的体香，抬头去看，颈子上方仍然没有面孔。于是我在紧闭双眼的幻想之中闭上了眼睛。

天

己丑年辛未月庚申日

十七

薛：

最近一个月，因每周给某个报纸写一篇关于武侠的短文，所以又把金庸十四部断断续续翻看一遍。

新的触动，第一处是在《书剑恩仇录》里，红花会群雄与官兵混战，奔雷手文四爷被关在遮着布幕的大车里——"骆冰抢到第二辆大车处，揭开车帐。她接连失望，这时不敢再叫出声来，车中人却叫了出来：'谁？'这一个字钻进她耳中，真是说不出的甜蜜，当下和身扑进车里，抱住文泰来的脖子，哭着说不出话来。"

想起有时抄起电话，那边远远的一个字呼唤，只要一个字，心里就像被熟悉的手轻抚一下，如沐温水，说不出的暖煦舒适。

又重读到殷素素与张翠山回到中原，一直念着"天上地下，永不分离"的定情言语，终于相继自戕。以前在此处，没有更多想法。可是忍不住想到：我与那人，竟一直忘记说一点什么定情话。是我能言会道一些，他不如我远甚。在数年成千上万纷纭私语之中，我也曾表过决心——"若是真有那一天，你要先我而去，我一定早就藏好了毒药在袖中，在你床前结束生命，务必跟你一起咽下最后一口气"。

你说不定当我是夸大其词。我常作不切实际之语，在你眼中早就成了喊"狼来了"的小孩。若真有那天，我是否能舍得抛得下儿孙？也许舍不得。可是想一想独个儿过活生不如死，那还不如同去的好，这其实是自私的打算。墓志铭该写什么呢？——"这里长眠的女人，她一生最大的成就是以从未有过的热情去爱了她的伴侣"。

那天早晨，永远地离开Z城，回到你身边。支起身子在你上方凝视，轻轻吻下去，落在你打着皱褶的眼皮上，落在你两眉之间。你始终闭着眼睛，直到温热的水珠掉在额头。你不解地看着我，伸手来给我擦。我微笑示意没事。

曾在黄昏的广场上给你唱，小妹妹似线，郎似针，郎呀，穿在一起不离分。

——可以再也不分开？可以不必每次相聚从第一天就开始暗暗倒计时？可以不必因怕明天就离开、在最后一夜紧紧抱着黯然落泪？可以收集到每一次微笑？可以分享每一杯特别香醇的咖啡？可以一同看每天的朝霞燃起，暮云成灰？可以每一晚守在蜗居之中等到风雪夜归人……什么时候这些事都可以实现？离别的时候，一想到这里，胸口就像有火在烧灼，眼皮乱跳，热血仿佛要撞裂额头喷涌出来。

任盈盈跟令狐冲在山洞里谈笑，任大小姐心神荡漾：当真能与他厮守六十年，便天上神仙，也是不如。

厮守厮守，无论贫穷、富有，健康、疾病，总之是要守在一起。

终于能与你再也不分开。就算是贫无立锥，也可以自觉是富可敌国。终于。终于。

天

己丑年辛未月庚辰日

第四章

枕边故事

我集结了马群和臆想,跟你去莓果甜美、紫罗兰馥郁的平原。

鲸之爱

这个故事的主角是一对鲸。

这个冬天,有一只雌鲸满七岁了。她真是一位年轻美丽的姑娘,身体颜色鲜艳,皮肤光滑,没有一块难看的疤痕,厚厚的脂肪均匀地分布在表皮之下,使她流线型的身躯显得丰腴好看。更别说她喷出水柱的动作有多么妖娆了。

五只八岁到十岁的雄鲸围住她,开始求欢的表演竞赛,他们在水中兜圈子,拍动胸鳍,然后垂直地高高跃起,以展示他们的力量和身段。

她仔细地看了一阵,在五位候选人中选定了丈夫——她款款游过去,用额头在最壮硕的雄鲸脸颊上一点。

落选者倒也并不嫉妒愤怒,因为部落中未婚的女孩多得是。他们轮流用鳍跟胜利者拍击,说:好样的!

接下来就是婚礼。另两只雌鲸找来透明的海藻,为新娘披在头上。海藻随着水流轻轻波动,就像人类用的婚纱在风中飘荡一样美。

大家一起唱了一段传统婚礼歌曲,献上祝福。那支歌是这样的:

喔咦咦咦咦,啊嗷嗷哦哦!
感星汉兮灿烂,叹鲜鱿之可口!
海狮,海象,海豹,海狗。
君甚爱我否?沧海同游兮无忧愁!
呜呼噫嘻,啊嗷嗷哦哦!

歌毕,众人散去。终于轮到他们的私密时间了。鲸丈夫温柔地蹭一蹭新婚妻子的侧腹:亲爱的夫人,现在我们该做那件事啦,真期待十个月后,我们的家庭能发展壮大。

鲸太太是个秉持唯美主义原则的女子,因此不顾新娘的娇羞说道,好丈夫,虽然我非常希望做那件事,可我是有条件的:不能在这里,一定要在最幽静、最漂亮的地方。

鲸丈夫本来已经准备好一场炽热的搏击,此刻不得不搁置他的计划了。

他温柔地说,好,一切都听你的。

她说,我还没有见过格陵兰的冰川,我希望我们能在那里完成大礼。

于是,他们在冰冷的海水中并肩向前游去。

游过峡湾，路过温暖的洋流。成群结队的磷虾、鲱鱼从他们身边掠过。

到需要食物的时候，他就为她捕食枪乌贼。

在路上，遇到一群来自白令海的须鲸，他们也向一对新人献上了祝福，并提醒说，记得尽量远离比斯开湾，那里捕鲸船太多，我们已经损失两位兄弟了。还有一只雄鲸跟他偷偷说，老哥，女人总有些不切实际的幻想，你真的愿意陪她折腾？

他平静地说：是的，我愿意。

在半年之后，他们到了格陵兰。

到达时正是夜晚，皎皎月光照耀着白惨惨的冰雪大地。雄鲸感叹说：这地方真美啊！简直像水晶和玉石铺出来的。这里够满足你的想法了么？

雌鲸没有开口，她在水中兜了一圈，又把头探出海面，环顾一周。几个白影和黑影映入眼中，她叹一口气，摇摇头。

不不不，你看，那里有一家子白熊，听，还有几十只海豹在聒噪，再远处还有北极狐。我要寻找一块彻底安静、不受打扰的地方，我要完全属于你和我的地方。

他们继续向前寻觅。

再往前走，他们得从冰层下面潜游过去，向一块冰山围绕之中的海域进发。这其实很冒险，因为鲸需要浮到水面上换气，但现在头顶都是厚厚的冰层，万一没有及时找到气孔，而冰层又太厚，用头顶不穿，就有窒息而死的危险。

但他们终于到达了目的地,一片荒芜的死寂之海,笼罩在牛奶似的浓雾之中。海豹,海象,白熊,北极狐,都不见踪影,一种动物都没有了。

鲸丈夫说:现在,是不是可以了呢?

雌鲸再次环顾四周,她沉默半晌,抱歉地对丈夫说,对不起,亲爱的,还是不行,我要音乐,我一定要伴着音乐……

鲸丈夫用温和的目光注视着妻子,好,你想等,那就等吧。

他们又在这个僻静的小海湾等待了两个月。

某一天的午夜,狂风呼啸,乌云密布,下起了冰雹。他们同时醒过来。雷声透过海水传到耳边,并不狞厉,冰团像雨点一样密集落下,打在冰面和海水上,叮叮咚咚,像节奏分明的鼓点,时缓时急,又像铙钹齐鸣,千万只手在筛锣,抚弄竖琴,敲击三角铁,晃动铃鼓。

雌鲸欣喜若狂地叫出来,听,多好听的音乐!简直是一整支交响乐团在为我们演奏!她兴奋得一腾身跃到空中,来了个后空翻,重重地落回海中,水花四溅。

她把深情的眼神投到丈夫身上,再不会有更合适的时候啦,来吧,亲爱的。

于是,两头硕大温柔的动物,用胸鳍互相抚摸,饮着海水,作为合卺之礼。明晃晃的冰壁如洞房中的镜台,亮闪闪的冰塔和冰柱,则像千百盏枝形吊灯。他们向对方冲撞过去,有时又斜侧着身子摩蹭,互相感受着皮肤下滚烫的热血。对于爱抚来说,这两条手臂实在太短小了,使得热烈的欢情变得像战斗。最后,两具硕大的胴体在水中紧密交叠……他们完成了鲸的爱情仪式。

讲完这个故事,夜已经很深了。在极远的地方,月亮召唤着忠诚的潮汐。他问,鲸真有这么聪明吗?

我说,是,有些种类的鲸的智力相当于三四岁的孩子。他又问,一定要找到最完美的场所,这是什么意思?

我说,在任何种族中,总有一些成员希望跟别人不一样,希望坚持遵循自己想要的东西。但要找到另一个肯陪伴她完成梦想的伴侣,那就很难啦……

MVC：最有价值卡片

在一个木书桌的抽屉里，有一只皮夹子和一只铁盒子。这家主人夫妻的重要卡片，如在多个银行开的储蓄卡，信用卡，都分门别类存放在皮夹子里，另一些不常用的卡片，则集体放在那只红色铁盒里。

在所有卡片中，某张姓商的银行卡最受敬重，因为他是身价最高的一位富翁。他拥有自己的高层别墅，主人把他单独插在皮夹子最靠上的、高高的皮层里，以表示对他的重视和另眼相看，毕竟，全家的财产几乎都掌握在他手中啊。大家称他为"商先生"。他从来不屑跟别的身份低贱的卡片交谈，连住他楼下一层的信用卡和更下面一层的另两张银行卡，都不大理会——信用卡是个花花公子，有点爱说大话，爱借账，那另两张银行卡呢，一位出身不够高，诞生于一间市级小银行，还有一位名字里居然有个"农"字，真是太不贵气啦。

不过——"凡有钱的单身汉，一定需要一位太太，此是举世皆知的真理"。商先生已经屈尊跟住在下层的一张百货商城会员卡订婚了。她是一位矜持时髦的小姐，身上印着十几个在那座商城能买到的世界名牌LOGO。信用卡小子也在热情追求她，当女主人拿着会员卡，到那间城中最高档的商场去买衣服，信用卡总是抢着付账。不过百货小姐只钟情商先生。本来商先生不大看得上百货小姐，认为她是"铁盒阶层"。不过某次他为女主人在那商场划掉一笔很不菲的金额之后，对她的态度大大改观，承认她的身价也算配得上他。

商先生和信用卡经常跟主人外出，据说是进出一些绅士们才能进出的场所。其他众卡，出去见世面的机会不多，比如很有学问的图书馆借阅卡（他坚持要大家称呼他博士），总是小声哼着什么不知名旋律的音乐厅会员卡（他认为自己是作曲家），几乎被遗忘、但性格开朗的健身俱乐部卡，身上带着不祥气息的医院就诊卡，打扮洋气的牛排餐馆卡（她是百货小姐的闺蜜，虽然出身小乡镇，但十分迷恋西洋风格）。还有一群卡片，自知地位不高：美发屋优惠卡，超市打折卡，冰淇淋店积分卡，制造他们的人大概也同意这类卡低贱廉价，因此印得略显粗糙难看。

还有一张卡，本身只是普普通通的温泉酒店会员卡，但他心里藏着一个男主人的秘密，就像含着一颗沙砾的牡蛎一样，始终紧闭着嘴巴缄默不语。

有一回，男人急匆匆地回家找一张卡，他把皮夹子和铁盒里所有的卡片都哗啦啦倒在桌子上，拨弄一番，挑出一张医院就诊卡,然后来不及收拾,只草草把所有卡片扫进抽屉里,又出门离开了。

于是商先生,百货小姐,信用卡小子,图书馆博士,牛排馆姑娘,健身房小伙,超市阿姨,各类乱七八糟的卡片,"皮夹子阶层"和"铁盒阶层"都摩肩接踵地挤在一起。

商先生自诞生而始,从没受过这种待遇。他觉得自己简直像落难的王公贵族。忍不住开口抱怨:啊啊,今天真是不幸,怎么跟一群这样的家伙混在一起……虽然是小声自言自语,但其余卡片们还是听到了。百货小姐虽是他的未婚妻,也微有愠色。抽屉里还有一些其他物什,墨水瓶,剃须刀,剪子,以及一排各种颜色的指甲油等。剃须刀有个最锋锐的脾气,她大声说,大家都知道你有钱,不过,这位先生,你还是收敛一下你的脾气吧。

商先生咕哝道,明明我是最了不起的一位,没有我,你们哪里能够存在呢?我理应享受最好的待遇……

大家都不理他。音乐厅卡很有兴致地道,喂,我为大家哼一段我新写的饶舌乐,怎么样?

牛排馆姑娘说,你们音乐厅难道还上演饶舌音乐会?

音乐厅卡说,没有啊,饶舌乐是我个人的爱好。不等回答,他就开始唱一段关于金钱和爱情的rap。大伙只好听着。后来,牛排姑娘跟百货小姐聊起她和商先生即将举行的婚礼,谈婚礼上的牛排该烤几分熟,指甲油女士们也来参言,并说到她们相亲过的指甲钳——女人们待在一起总要谈这些：结婚，男人。健身卡小伙和美发卡姑娘很有点惺惺相惜的意思。信用卡小子向曲别针献殷勤，不住口地夸她的身段是多么曲折委婉。墨水瓶一向觉得自己是诗人，跟图书馆博士也颇有话说。

与此同时，商先生板着脸在一旁生闷气。直到他未婚妻过来，小声劝他随和一点，毕竟以后还要在一个抽屉里住着。他才说道，好吧，我跟你们道歉，身为卡片，咱们都是有地位的人，卡片嘛，就是社会身份的象征。

超市优惠卡耸耸肩说，我们可没想过什么地位不地位的，不就是过日子嘛。

商先生又说，要不，咱们来推选一个MVC吧。

人们问，MVC是什么？

Most Valuable Card，最有价值的卡片呀。

大家面面相觑。商先生继续得意扬扬地说，你们觉得，谁是这个家中最重要的卡片？

图书馆博士用学术化的口吻说，公平来说，如果承认MVC这种东西真的存在，那么在这个以家庭为单位的经济体中，MVC自然是你，经济基础决定上层建筑……

忽然有一个声音传过来：当然不是他。

说话的是那张温泉酒店会员卡。他发现大家的目光都汇聚过来，便指指自己身后说，据我所知，这位，才是所有卡片中最重要的一张。

在他身后躲着一张旧卡片,塑料片上的颜色几乎全磨掉了,认不出原来印的是什么图案。还有一个角已经折弯。好奇的冰淇淋卡想让他转个身,看看他背面的玄机,他却一直把脊背藏着,讪笑着不让看。

商先生半信半疑:你说这破烂货的地位比我还重要?

温泉叹道,秘密,都是秘密,我不会说,但将来总有一天,你们都会明白我的意思。

那"总有一天"的一天,终于到来了。不晓得多久之后,温泉酒店卡的秘密被女人得知了:男人曾跟一位女士在那里春风一度……两人大吵一架。这两年间所有不满、怀疑和委屈都被翻检出来,逐件批判。他们吵了又吵,从白天吵到黑夜,直到连楼下老太太都对她老伴说,这两人看样子是过不下去啦。

最后,女人说,你既无心我便休,不如分手吧。

男人不愿示弱,就说,好。

第二天,她把房间中所有属于她的衣物都收拾进两只皮箱里,准备带走。最后,他们俩坐下来,把所有卡片倒在桌子上,一张一张分开。

他们先拣出最重要的银行卡,男人把存款最多的一张卡拿给女人,女人头也不抬地说,明天我会去银行,把一半钱数打到你另一张卡里。

然后他们开始分各种生活卡。

图书馆借阅卡是你的,借了的书,记着早点还,别等超期一两个月才去,那罚金都够买几本书了。

健身卡你留着吧,再忙也得抽时间运动,别把身体搞坏了。

冰淇淋店积分卡,给你,分数马上就积满一百,能送超大桶坚果冰淇淋,本来说好等纪念日咱一块去吃,这回你得自己去了。

这间餐馆的优惠卡你拿着,你爱吃那家的牛排。

你不也爱吃吗?

男人幽幽道,其实我从来都不爱吃牛排,以前去都是为了陪你……

所有卡片都知道大祸临头,一直暗恋图书馆博士的冰淇淋卡偷偷哭了。当然,她的哭声,男人和女人听不到。他们沉默地分割最后的财产。屋里的空气越来越紧绷,紧绷而伤感,好像有一首无声的哀伤的小提琴曲在播放似的。

他拿起了那张最旧的卡片,问,这个……怎么办?女人不由自主地站起身,双手撑着桌沿,两人静静瞧着那张卡,仿佛化成了石像。那张连图案都磨损了的卡片,就像某次生死探险的纪念物似的,令他们的目光在缅怀中变得酸苦而惆怅。

原来那是十年前她读大学时用的学生卡。卡身上印着学校倚靠着山峰的景色,另一面是一个剪着童花头的女生一寸照。很多年前,那个女生在食堂吃饭,不小心把学生卡忘在餐桌上,被某个男生捡到,按照上面的寝室号码去找她,把卡片送还。女生为表感谢,用刚收到的三十块钱校刊稿费请客,请男生在学校后门吃了一顿烤鱿鱼串。他们的爱情就在烧烤店油腻的塑料餐桌上呱呱坠地。

忽有"啪"、"啪"两声轻响,两颗又大又重的泪珠,从女人眼睛里滚出来,掉在桌子上,掉在两堆分得泾渭分明的卡片中间。

她小声说,那时候,我可真是爱你……

后来呢?后来他们到底还是没分手。如果说单靠一张卡片就能挽救爱情,那是……童话故事,可是由那张学生卡为引子,他们慢慢聊起从前无以计数的好时光,那些傻气但甜蜜得像果冻和奶油蛋糕一样的日子,同时都有了这样的想法:也许眼下的日子乏味,平庸不值一提,但如果分开,那么之前的美好回忆也都会变得伤感可怕,这实在得不偿失。再说,仔细想一想,感情似乎也并没到无法挽救的地步……

卡片们又被装了回去,皮夹子和铁盒里的生活也在继续。不过,商先生他们彻底明白了,到底谁才是"MVC"——如果真有这种头衔存在的话。

红唇膏与一百个吻

故事的主角是一个年轻男人。他正在与女友的热恋中,不幸意外横死。

(薛:这个男人是上一个故事里那位吗?我:……可能是,也可能不是。每天这样可怜的人是很多的!)

当站在决断生死的仙人面前时,他痛哭流涕,说,我不要转世。我那心爱的姑娘啊,我那样爱她,连她的嘴唇都没吻过,就到这里来了……

他哭得太痛切,殿堂里的仙人们都被触动了。只有一位少年仙人面露不屑:一次没吻过?你这恋爱真白谈了(这个少年仙人的胆子很大,这殿上所有美丽的女仙人,已经都被他偷偷吻过了)。

那痴心人答道,我……亲过她的手和颧骨。她是个非常守规矩的女子,甚至有点古板,但这正是我爱她的原因。她说一切要留待新婚之夜享受,才更有意思……说着,又抽噎起来,说道:

只要让我再去吻一吻她的嘴唇，我就满足了。

这时，管事仙人的小书记员蹑足走过来，贴着主人的耳朵悄声说，我查了簿子，此人与那女人确实还有一百个亲吻的份额未尽，不过情况很复杂……

仙人们都聚拢过来，大家翻看簿子，窃窃私语，商量了一阵。促狭的少年仙人出了个主意，大家都微笑点头，以为大妙。

于是主管宣布说，为了让你完成心愿，你可以回到你的情人身边，完成那一百个亲吻的份额。你先不要高兴得太早，起死回生是违反规定的，所以你不能以人的形式回去……

那痴心人正没命地叩头称谢，仙人银白的大袖一挥，他便化为一缕青光，投下界去了。

当他恢复知觉时，发现自己变成一管唇膏，正躺在一张梳妆台上。

门轻轻一响，他那刻骨铭心的爱人款款走了进来。

——忘记说了，她的名字叫茉莉。

茉莉仍然像一朵茉莉，又白，又美，又香。未婚夫的逝去，只让她的眼中有一点点戚容，就像打不坏花蕊的细雨一样。

如果能说话或自由行动，他一定会冲上去紧紧抱住她，尽情泼洒滚烫的泪，诉说重逢的喜悦。可惜，他现在既没有手也没有脚。

茉莉在镜前坐下，执着梳子慢慢梳理头发，若有所思。又拣起一枚小钢夹，一根一根拔眉毛。他仰望她姣好的脸蛋，默默感叹，原来他从来没有获准进入茉莉的闺房，也从没见过她整妆。就在悲喜交加之时，另一项幸福到来了。他只觉得腰间一热，被茉莉的拇指和食指捏住了。金属棒旋了几旋，他玫瑰红的油膏胴体就缓缓伸了出来。

那两片娇嫩饱满的嘴唇，越来越近，越来越近，最终与他的脸颊头颅紧密地贴了起来。他全身皮肤压迫在她柔软的唇肉上，摩擦着，向另一边唇角滑动过去。

……这是他的初吻。这一刻他彻底沉醉了，心里充满对生和死的感激。

茉莉抿抿嘴唇，又用手指把那颜彩匀一匀，指肚上剩的红脂涂在颧骨上，拿手掌抹开，显得脸色更娇艳。她把唇膏放进包里，起身出门。

接下来的事，对他来说就并不美好了。茉莉到达了一家餐厅，她刚进门，靠窗坐着的一个高大男人立即站起来，满面笑容地招呼她，并凑过来亲昵地在她脸颊上碰了碰："亲爱的，两周年纪念日快乐。"

——这个男人，我们就叫他苍耳吧。

再听下去，他痛苦地明白了：早在他死去之前两年，茉莉就与苍耳确立了恋爱关系。而这个苍耳，家中居然还有妻子和两个小孩。她也不以为意，还常在说话中不时提起。

他视为无价珍宝的、心爱的茉莉，当别人的情人两年之久，瞒得风雨不透，他竟到死后才得知。对茉莉来说，他只负责提供苍耳唯一没法提供的东西：婚姻。

就在他悲愤交加之时，另一项痛苦到来了。饭后，她起身到盥洗室去，离席之前，苍耳留恋地扯住她的手，令她有点娇羞地弯下腰来，四片嘴唇缠绵了一阵。

在盥洗室里，她洗净双手，对着镜子取出了唇膏。

他忍不住要痛苦大叫，但她当然听不到。她旋出膏体，在唇上重重地补了两下。

就像苍耳那个吻，他无助地嗅着苍耳留在她嘴唇上的烟味、水果沙拉和香槟酒的气味，以及那种扬扬自得的男人的体味。就在几个小时之前，他还以为自己交了绝顶好运，能享受一趟甜蜜的复活之旅。可从未想过亲吻也会带来这样的痛苦。他沾了满身情敌的体味和皮肤细屑，瘫倒在铁壳子里。

还有九十八个吻哦！他好像听到仙人们的大笑……

让我简短点说吧，这个倒霉的痴心汉作为唇膏的生命，一共持续了半年。不知是幸运还是不幸，茉莉非常喜欢他的颜色，只有在跟苍耳约会的时候，才使用他来点缀嘴唇，其余时间她用别的唇膏，也就是说，她每一次"吻"他，都是为了让另一个男人更有兴趣来吻她！

他恨不得赶快，赶快再死一次。

他尝试过逃走，当茉莉把他搁在湿滑的洗手池桌面上，他努力往地上滚，轱辘到角落里，可茉莉见不到他，总会四处寻找，因此他总也没走成。

有一次，苍耳带茉莉去城郊的海边度假酒店过周末。翌日早晨七点半，苍耳忽然接到电话，说女儿骑车上学途中出了车祸，腿被剐伤。他挂断电话，一叠声地催促茉莉，快快快，快整理行李，咱们赶紧回城去。

茉莉沉着脸，一件件敛拾昨夜激情迸发时，抛到房间各处的丝袜、发夹、内衣。这一次，由于情绪不振，心不在焉，她终于把唇膏落在了妆台抽屉角落里。

门锁"砰"地碰上，两人匆匆离去。

他以为这一切总算要结束了。躺在金属壳里，他闭上眼默祷：别了，茉莉！别了，我可笑可怜的爱情。各位神仙，你们看够好戏了没有？可以让我再死一次了么？

等了一阵，却什么都没发生。

门钮"滋"的一响，两个清洁女工用磁卡打开门，推着车进来，开始收拾床铺，打扫地面，清空纸篓。其中一人拉开抽屉，发现了他。

啊，他们忘拿口红了！瞧这壳子多精致，肯定很贵的。

算啦，这么一点点东西，他们有钱人不在乎的，秋娣，你拿回去用呗。

被叫做秋娣的姑娘，二十多岁的年纪，眉眼也都端正齐整，并不丑陋，但她就像茉莉的反面，是那种从来没有少女时期的、默默无闻的女人，一生不曾奢望过别人的注目，也没想过靠修饰面貌获取喜爱。

她扭开唇膏，小声说，哟，这口红的颜色还真鲜艳……一时兴起，她对着梳妆镜，笨拙地在嘴唇上涂了几下。那张平淡无奇的面孔忽然亮了起来，就像干枯的土地上冒出了一簇玫瑰花。

另一个姑娘拍手笑道，哎呀秋娣，你打扮起来还真挺好看呢！

叫秋娣的姑娘羞涩起来，她提起手背擦掉嘴上颜色，又把手背在围裙上抹一抹，说，经理讲过，客人丢下的所有东西都要上缴，我一会儿就把这口红交了。

于是，酒店方面联络到苍耳，辗转把唇膏寄回到了茉莉手中。

他这时明白，提前离场是不可能的，那一百个亲吻的份额一定要完成，一切才能终止。想通了，他也就逐渐心平气和，反正不会有再糟糕的事了。

而在他将要平静下来的时候，居然真有更痛苦的事发生了。

某个晚上，苍耳在她家留宿。他入睡之后，她拿起唇膏，在他白衬衣领子的背面画了两道弯弯的痕迹。

粗心的男人，就算把一件衣服再穿十年，也不会注意到衣领背面的玄机。但她知道苍耳的衣服一向由他贤惠的太太亲手清洗，而且，每次把衬衣放进洗衣机之前，他太太还要特地用手搓洗衣领袖口。

这是茉莉做出的决定。一切如她所料，苍耳太太发现了衣领上鲜红的檄文，她用尖叫和哭喊打响了战斗。

接下来的事也如她所愿。苍耳慎重地考虑了一段时间：就算放弃茉莉，回到婚姻中，夫妻感情也不可能如初。纵然委曲求全，有了裂痕的碗还能盛水吗？在一场离婚官司之后，苍耳失去了一部分财产和女儿。从他强颜欢笑的脸色，茉莉知道，那些损失他将在自己这里索取补偿，并在日后某一次争吵中失口说道"早知如此我还不如不跟她离婚"。胜利的果实像一支莲蓬有苦涩的芯子，但心愿得偿，毕竟还是扬眉吐气的事。一个月后，她与苍耳举行了婚礼。

典礼开始之前，她对着镜子，取出那管替她写下战书的唇膏，注视半晌，喃喃道，谢谢你。

然后，她仔仔细细为嘴唇补了颜色。

这就是第一百个亲吻。

……结束第二次人间旅程，他回到那个漂浮的殿堂中，垂头丧气地站在仙人们面前。

大家都知道他的遭遇，不过仙人们见惯生死，并不以为惨，只露出似笑非笑的表情，也不安慰他。总管说，这回你可死心了吧，还有什么留恋吗？

他颓然摇头。

那少年仙人忽然说道，哎，你记得那个清洁女工秋娣吗？

他点点头。随即诧异地张大眼睛，难道我跟她也有什么……早就定好的份额？

仙人嘻嘻笑道，你只知道你有痴心吗？秋娣原来是你所在公司的清洁工，她一直偷偷爱着你，就像你爱茉莉，茉莉爱苍耳一样。你死了以后，她怕睹物思人，就换了工作。她为你默默地哭了好几个晚上呢。因此，那一个吻也是你亏欠她的……现在，你准备好忘掉所有事情了吧？

图书在版编目（CIP）数据

爱是与水和星同行的旅程 / 纳兰妙殊 著. —重庆：重庆出版社，2013.7
ISBN 978-7-229-06785-4

Ⅰ.①爱… Ⅱ.①纳… Ⅲ.①散文集—中国—当代
Ⅳ.①I267

中国版本图书馆CIP数据核字（2013）第166551号

爱是与水和星同行的旅程
AISHI YU SHUIHEXING TONGXING DE LÜ CHENG
纳兰妙殊 著

| 出 版 人：罗小卫 |
| 策　　划：华章同人 |
| 出版监制：陈建军 |
| 责任编辑：张好好　黄卫平 |
| 特约编辑：张　翼 |
| 营销编辑：高　帆　刘　菲 |
| 责任印制：杨　宁 |
| 插　　画：纳兰妙殊 |
| 封面设计：主语设计 |

重庆出版集团
重庆出版社　出版
（重庆长江二路205号）
投稿邮箱：bjhztr@vip.163.com
北京联兴盛业印刷股份有限公司　印刷
重庆出版集团图书发行有限公司　发行
邮购电话：010-85869375/76/77转810

重庆出版社天猫旗舰店
cqcbs.tmall.com

全国新华书店经销

开本：850mm×1168mm　1/32　印张：7.125　字数：140千
2013年9月第1版　2013年9月第1次印刷
定价：29.80元

如有印装质量问题，请致电023-68706683

版权所有，侵权必究